奢侈

爱马仕总裁日记

LUXE

Christian Blanckaert
L'ancien président d'Hermès

[法] 克里斯蒂安·布朗卡特　著

纪江红　徐碧茗　　　　译

上海三联书店

Translation from the French language edition of:
LUXE by Christian BLANCKAERT
Copyright © LE CHERCHE MIDI, 2012
Chinese (simplified characters) translation edition arranged with LE CHERCHE MIDI c/o Crisina
Prepelita Chiarasini, Paris, through Dakai L'Agence.

图书在版编目（CIP）数据

奢侈 /（法）克里斯蒂安·布朗卡特
（Christian Blanckaert）著；纪江红，徐碧茗译. --
上海：上海三联书店，2023.1

ISBN 978-7-5426-7923-9

Ⅰ . ①奢… Ⅱ . ①克… ②纪… ③徐… Ⅲ . ①随笔—
作品集—法国—现代 Ⅳ . ① I565.65

中国版本图书馆 CIP 数据核字（2022）第 208652 号

著作权合同登记图字：09-2022-0873

奢侈

[法] 克里斯蒂安·布朗卡特 著　　纪江红　徐碧茗 译

责任编辑 / 苗苏以
特约编辑 / 董　婧
责任校对 / 张大伟
责任印制 / 姚　军
装帧设计 / 李姗姗
内文制作 / 陈基胜

出版发行 / 上海三联书店
　　　　　（200030）上海市漕溪北路331号A座6楼
邮购电话 / 021-22895540
印　　刷 / 山东韵杰文化科技有限公司

版　　次 / 2023 年 1 月第 1 版
印　　次 / 2023 年 1 月第 1 次印刷
开　　本 / 850mm×1168mm　1/32
字　　数 / 100千字
印　　张 / 6
书　　号 / ISBN　978-7-5426-7923-9/I·1796
定　　价 / 88.00元

如发现印装质量问题，影响阅读，请与印刷厂联系：0533-8510898

目　录

前　言

2011 年：三年之后。

2008 年，奢侈品业的脊梁弯了下来。真是黯淡的一年。

危机无情地冲击了各大集团。小品牌们亦备受煎熬，唯有那些受到大集团庇护的品牌方才得以幸免。

其他的则普遍陷于缺氧。

有些，像克利斯汀·拉克鲁瓦（Christian Lacroix）[1]，甚至令人唏嘘地消失了。

在 2007 年，所有品牌都在客户和资源方面有所流失。

古老的欧洲，虽也同样遭受了此次金融、经济及社会危机的致命打击，却依然表现出她的抵抗能力——在欧洲，奢侈品业居然仍显得很神气。

美国，表面上看来还很强，实际上却是无情地退了一大步。

日本，这块一直以来滋养着世界奢侈品业的土壤，已开始以惊人的速度下滑。

1　克利斯汀·拉克鲁瓦：法国著名时尚品牌，由同名设计师创立，曾被路易·威登—酩悦·轩尼诗（LVMH）集团收购，后被 LVMH 转卖给 Falic，最终宣告破产。

赢家是东南亚和中国，尤其是澳门。在危机正处于最为严重的时候，当其他所有市场都在退步的时候，2007 年，这些地区以超过 20% 的增长率傲视所有市场。

实际上，2007 年的危机是新的平衡的揭示者和宣告者。它揭示了世界奢侈品业的新版图：

- 中国高歌猛进，毫无疲惫迹象；

- 欧洲仍在坚撑，不时令人惊诧；

- 日本已失其位，短期恢复无望；

- 美国险象环生，进退均无预兆，且波动剧烈，令人恐慌。

此次危机还表明，巴西或中国已不再是"崭露头角"的国家，而是毫无征兆地取得了主导地位。

三年来，奢侈品业可谓"城头变幻大王旗"。

而到了 2010 年，危机又跑到哪儿去了？奢侈品集团们的业绩从未如此耀眼，2011 年和 2012 年宣告的是同样的强劲。

在这个星球上的所有地方，中产阶级们都愿意加入游戏圈里来。富人们则越来越富，人数越来越多。

2011 年的奢侈品业是个开放的市场，前所未有的容易进入和不受约束。

在众多国家，那些全世界最知名的奢侈品标志成了直接表达普遍欲望的符号。

获得一件名牌奢侈品成了无数人的一股欲望，一样不应拒绝的美食，目的是传达一种成功，一种人生的境界，宣告一种胜利，或者干脆就是为了得到承认。

真是吊诡！当地球上数以百万计的人们正在承受痛苦之时，另一些人，而且数量越来越多，在中国、印度、拉丁美洲、中东乃至非洲，却达到了一种新的富裕状态，加入了潜在客户的阵营。他们既有意愿又有能力购买一件高品质的著名品牌产品，而这些东西在之前对他们来说一直属于可望而不可即之列。

奢侈品由此成了一种进步的标志。

而那些法国、意大利、英国、美国、日本、德国大厂商们纷纷涌上这条敞开的大道。这条无尽的道路无人知其有多宽广。

2011 年的奢侈品业触及了所有的行业，所有的领域。

同时，由于 2007 年多云的天空已然放晴，竞争也便激烈了起来。

品牌的价值从未如此之高，而交易市场的相关数据也的确显示了骄人的战绩。

只要能抓住那些奢侈品的鱼儿，任何手段都是好的。

大型食肉动物牙尖嘴利。贪得无厌的饕餮之徒永无饜足。他们窥伺着，不请自来进了邻居家中，不管哪扇门便长驱直入，在别人并不欢迎他们的地方安家落户。结果却回报甚微。

柔美的皮革与丝绸、店家的精心款待、厚实的地毯、艳丽的礼服……而在这一切背后，藏着的是饥肠辘辘的食人妖怪。

2011 年与 2007 年真不一样！这一年在中国是"兔年"。在奢侈品业，这一年则是"猛兽年"。

这是要去哪里？

一直要到何时？

不顶天不算完？

即便是天可能也在抱怨了吧？在日本，大地在颤抖，暴风雨和惨剧谁都躲不过去。国家在承受苦难，奢侈品业当然亦不例外。然而日本人仍能有尊严、有勇气地继续生活，他们真是榜样。他们一样一样重新买回来，以此来与厄运抗争。他们满怀强烈的希望。莫非奢侈品是一种驱邪的神药？

奢侈品业面对的是一个不确定的明天。

像变色龙一样，三年间，奢侈品业已换了一层皮。

这是一个怎样的行业呢？

我喜欢油画、素描、水彩、便条。

我漫步在世界奢侈品业的条条路上，定睛观瞧。

我观察一张面孔，倾听一种声音，注视一位客户。在新想法面前，我欢娱，好奇。我凝视着工匠的手，呼吸着皮革的芳香，像行走在沙漠中的一匹骆驼，储存着、消化着我的记忆，为的是穿越时光。

徒步，骑马，在雪中，在阳光下，我信步徜徉。而这些断简残篇即是我漫步与邂逅的回忆。

1

真正的奢侈

巴塔巴斯（Bartabas）[1]号叫着，马群狂躁地奔跑着，在阿维尼翁炎热的夏日中。

巴塔巴斯以狂野的色彩和气味混合了诗意与智性、卓越与精确。马群扬起的尘土令人陶醉，恣意的节奏卷起的微风轻拂我们的面颊，给整个激烈的场面带来一丝意外的温柔。在这表面的无序中，在这急促的运动中，在这茨冈骑士与其默契伙伴间的紧张关系中，弥漫着一种奇异的和谐……这就是神秘的高级奢侈品：所有的感官都被唤醒，人们触摸，观看，嗅闻，感受。我被巴塔巴斯的梦幻深深吸引，同时，也为作品执行的到位、骑士们所冒的危险，以及关注观者给他们带来的喜悦而心驰神醉……人们和他们心意相通，距离不复存在，观者进入了创作者讲述其自由的梦境之中。

巴塔巴斯向自由的人们表达了敬意。

这相融的单人独马，受人激赏，又令人担心。他伸着胳膊，身

---

1 巴塔巴斯：法国著名现代先锋剧作家，以其"人—马"剧场表演著称。

着囚服，嘲笑着我们，好像在说："看着，看着，我给你定下了通向无限、未知、想象的道路。来吧，同我一道，把你想要的说出来吧……"

巴塔巴斯并不试图了解他所拿出来的是否就是我们所期待的。他创作，构想，实现，接受。其实他也不大知道为什么或者怎样就造成了这种荒诞华丽、令人目眩神迷的场面。

这就是奢侈，真正的奢侈。

亨利·拉卡米耶（Henry Racamier）[2] 经营路易威登的那个年代，他告诉我说："那会儿读者都不读《丁丁历险记》啦。"在他位于波依迪大街的办公室里，挂满了让·拉里维埃尔（Jean Lariviere）[3] 的黑白照片，他又说："我有的是时间，我会按我的节奏来。"他那时 78 岁了。

这有点像弗朗索瓦·密特朗（Francois Mitterrand）[4] 和他的盟友"时间"所保持着的一种微妙关系，以此可以很好地理解他所做的事，以及他是怎样的人。为了定义奢侈品，拉卡米耶首先谈到了时间……就像爱马仕的调香师让－克劳德·艾雷纳（Jean-Claude Ellena）[5]，他

2　亨利·拉卡米耶：路易·威登的第四代孙婿，一手打造了奢侈品帝国 LVMH。
3　让·拉里维埃尔：法国著名摄影家。
4　弗朗索瓦·密特朗：第 21 任法国总统，1981—1995 年在任。
5　让－克劳德·艾雷纳：著名的天才调香师，为爱马仕调制多款经典香水。

也"有的是时间来创作一款香水"。

这才是奢侈，真正的奢侈。

拿出时间来好好做事情，拥有自己当下的时间，分享自己宝贵的时间，或者把时间留给自己，并真实地考虑时间能给一件东西带来的，一如它赋予每个人的命运，那是一种浓度、一种机会、一种价值。如此才能开始为奢侈下定义。

与时间的关系变得前所未有的困难和危险，人们要求快速得到结果，马上得到回报，东西要卖得快，调查结果要令人振奋，盈利要居高不下……这与奢侈品背道而驰。这是表象法则。在我们身上，起决定作用的是瞬间性。

但"速成品"有时候又卖得极好，而"表象"则无情地将其带到谷底。

即使是没有真正做到位的产品在当今也仍有它的诱惑力和市场。

这与奢侈背道而驰。

苏西·曼奇斯[1]

一场爱马仕时装秀。

她坐在第一排我的旁边。

我观察她。她在等待。与往常一样，时装秀延迟了。她知道这很正常。她没表露出任何不耐烦。她做着准备。

她从一只大包里拿出一个小本子和一支旧钢笔。

对她来说，这只是"又一场"时装秀。她的视线掠过人群，眼中没有疲倦，反倒是有一丝贪婪的光，好像在说："来吧，我准备好了，开始吧。"

在走秀期间，她没有任何表示。借助那副属于另一个时代的小眼镜，她简略地写下了一些潦草的小字。

1　苏西·曼奇斯（Suzy Menkes）：曾任美国《国际先驱论坛报》首席时尚评论家，以言语犀利著称。

每次当模特儿走过，她便会确定一处细节——那关键的细节。她是在对作品进行评判，然而更多的是对这种细节的测定。一般人不明所以，而她却看到了，知道了，明白了。

她的发型是无法模仿的，不知道是来自萨里（Surrey）的英国女人还是来自东京的日本艺伎。她令我想起1960年代在利兹海德（Leatherhead）接待过我的那户人家的母亲……从不谈论什么大事，却洞察一切。她看出我喜欢果酱、荔枝、芒果和黑巧克力。

苏西沉着冷静，是个司芬克斯般的人，阿谀奉承对她无效。

我欣赏的，是她那种没有商量余地的强硬，那种令人无可奈何的女人劲儿，这些都是另一个时代的东西。而恰恰是这些东西在书写着时尚，好像是她的判断力与她的老派"范儿"间的距离给了她一种评判和笔调上的自由，让她能够置身于规范标准、所属派别以及取悦他人的诱惑之外。

苏西·曼奇斯既不试图取悦谁，也从没想过诱惑谁。她就是她自己，远在天边，又近在眼前。她说的是她自己的话。

人们既想听她说，却又怕她说。

　　而她所写下的，被记录在案，任人评说。她签上自己的名字，就像巴塔巴斯一样坦然接受。她踏进来了，又飞走了。

　　她就在奢侈之内，而且是在中心。

雷拉·曼查丽[1]

雷拉没有年龄，一直如此。她永远活在她的梦里。

往返于地中海与巴黎之间，她同时生活在法布—圣奥诺雷大街（faubourg Saint-Honore）[2]和哈玛麦德（Hammamet）两地。

在那边，她的花园巨大，一直延伸到大海，里面种满了各种树木花草，沐浴着阳光。

雷拉在里面呼吸着马格里布（Maghreb）的各种气味。

她这所宅院的故事是个传奇。她给我们讲述一个小女孩本来是沿着突尼斯海岸，在沙滩上漫步，却鬼使神差地走进一对美国夫妇的住所，然后就成了他们疼爱的孩子，长大后亦备受关爱，最后继承了这个地方及其所有的神秘，于是大家就能理解为何雷拉成了造梦人和色彩的魔术师。

她的职业，就是通过道具布景以及某些真实却又难以触及之物，来再造一些故事的场景，从而让想象力得以生发、重现和激活。

1 雷拉·曼查丽（Leila Menchari）：曾任爱马仕橱窗设计总监。
2 法布—圣奥诺雷大街：巴黎的一条著名的时尚大街。

雷拉没有固定的风格。

在她身上，理性就是激情。她总是试图以新的元素来触及参观者的眼睛与心灵，它们能唤起每个人身上最好的欲望，就好像必须超越惯常的边界，方能达致我们精神上隐匿的那部分，那里是五感主导的世界。

雷拉了解我们的色彩是多么黯淡，于是她颠覆了那些色调，毫不犹豫地展现那些最抢眼的绿色、赭石色、红色，从而打乱我们的陈旧习惯和日常生活。

待在哈玛麦德，她充实着自己，同时也是一种自我保护。在那里，面对着突尼斯的大海，她像一匹骆驼一样饱饮着天空与大地的色彩。她照料着她的花园，在一棵树前停下脚步，像只猫一样从一条被她用力揪下来的小树枝上一纵而过。

她拒绝我们那种巴黎色彩的平庸，那种感化院的灰，那种黯淡，那种"并不优雅的深色"！

她品味着各种味道的复杂微妙，将她感觉到的东西转化为理念、物品。雷拉，这位最能异想天开的拼盘公主，避开苍白贫血，在各种姿态、各种组合间，在最惊人的关联中找到她的最爱，似乎没有什么能把她吓跑。大地，对她来说，是广袤无边的，而时间，则是永恒的。

像巴塔巴斯一样，她在各种草木、各种阳光、各种材质中间纵横驰骋。

她坚持不懈地融合着各种面料、皮革以及金属，好让我们深深沉浸到一种不真实的世界里，这是她最喜欢的拿手好戏。

在她身上，有一种跨界的品味，随着时间推移，这甚至成了她的逻辑基础。这种品味是如何令那些在巴黎法布－圣奥诺雷大街她为爱马仕设计的橱窗前驻足的路人惊叹，我是亲眼见到了：他们观望，沉思，自忖，然后神魂颠倒地离去，或进来。

在雷拉那里，所有这一切无不是为了对那非真实的东西施以魔法、大声歌唱、尽情礼赞，为了把那些大幅度穿越她思维的最疯狂的念头重新创造出来，且总是朝着一个大胆的方向。这使其成为一位英雄般的女性，在一种女设计师的脆弱外表下，她以其钢铁般的意志挑战禁忌。

她就是奢侈，不停地行动，又无法预见。

巴尔巴拉·西蒙

巴尔巴拉（Barbara Simon）是艺术家，但仍需谋稻粱。晚上，她在皮加勒区（Pigalle）[1]一家餐馆做服务生。

巴尔巴拉住在一套非常小的公寓里，位于塞纳·圣德尼（Seine-Saint-Denis）的普莱·圣热尔维（Pre-Saint-Gervais）一幢大楼的顶层。

在那里，沐浴在灯光下，她勾画着珠宝。

画画是她的最爱。

她父亲是北方莱斯坎（Lesquin）一家冰箱制造厂的工人。他希望女儿"好好学习"，好"远走高飞"，因为，他曾对她说："没有知识，你就只能像我一样当工人。"

---

1 皮加勒区：巴黎环绕皮加勒广场的地区，位于巴黎第九区和十八区，得名于雕塑家让-巴蒂斯特·皮加勒（Jean-Baptiste Pigalle），是一个著名的观光区。皮加勒广场和主要大道上有许多性商店，妓女们则在横街上拉客。这个街粗俗的声誉，使得二战中盟军士兵称之为"猪巷"。世界著名的卡巴莱夜总会红磨坊即位于此区。皮加勒广场以南是乐器和音乐设备零售店，以流行音乐为主。毕加索和凡·高等艺术家曾在这里居住。在附近的"达利空间"可以看到萨尔瓦多·达利的作品。人们还可以在这里找到"色情博物馆"。对于希望体验"夜巴黎"的游客，皮加勒区是一个著名的旅游景点。

巴尔巴拉通过了中学毕业考试；而后，在父亲的绝望中就读于一所美术学校。

"这不算学习，"他对她说，"艺术家啥用也没有。应该去当工程师、医生、律师、高管……"就是这话："高管"。他希望巴尔巴拉成为"高管"。

但是巴尔巴拉喜欢画画和珠宝。她一点都没有成为"高管"、享有"RTT"[2] 之类的想法。

她的爱好是"奢侈品"。

巴尔巴拉对珠宝非常专注而着迷。所有的珠宝产品系列、苏富比拍卖行（Sotheby's）的拍卖她都一清二楚。她喜欢波旁宫（Palais-Bourbon）附近"蒙布里松的奈拉"（Naila de Montbrison）精品店，她知道谁是皮埃尔·哈迪（Pierre Hardy）[3]，谁是卡尔·拉格斐（Karl Lagerfeld）[4]……她盯着宝石商和钻石商们的东西，画了又画，把她的创意、她的草图投给圈里所有的大品牌。

既没有成功，也没有回应，直到现在。

而她的目光却从不苦涩。我观察过她，她美丽，恬静，笃定。她晚上工作，为了能在白天画画。她说："总有一天我会得到认可。

2　RTT：Reduction du Temps de Travail，减少工作时间，法国的一项劳动保护制度。
3　皮埃尔·哈迪：法国著名鞋履和配饰设计师。
4　卡尔·拉格斐：法国著名时装设计师。

我有的是时间，艰难是肯定的。"她又说："在这个圈子里我谁也不认识，但我相信自己的才华。"

巴尔巴拉，她就是奢侈品，独立而自由。她满怀激情，对幸福信心十足，以她饱含希望的眼睛、她的画笔、她的创意一路飞奔。胜利必将属于她。

她终将得到认可。这她心知肚明。她有她的道理。

还有马丁·马吉拉[1]？

我曾受到警告。"那是一头熊！"有人跟我说。

头戴蓝色海军大檐帽，马丁一副老水手的范儿。我倒是愿意在迪耶普（Dieppe）[2]的港口或是滨海瓦朗日维尔（Varengeville-sur-Mer）的海滩上和他擦肩而过。

我从来没承想会在爱马仕遇见他。

在一个阳光灿烂的日子，我在位于庞丹（Pantin）[3]的爱马仕透明的漂亮大楼电梯里遇见他。我不知他是谁。陌生人一个。话也没一句，任何表示都没有，这个戴大檐帽的家伙是位沉默的行家。一个"闷葫芦"，在我们科镇地区（le pays de Caux）人们都这么叫。

马吉拉，我原本想象是身着意大利时装，能说会道，有点纨绔，

1　马丁·马吉拉（Martin Margiela）：比利时著名设计师，曾担任爱马仕的创意总监，被称为解构怪才、解构主义大师。
2　迪耶普：距离巴黎最近的海滩。
3　庞丹：巴黎东郊的一个市镇，爱马仕工厂所在地。

比较在意算计的那种人。

从没人能拍到他的照片。有人跟我提过，我感到厌烦。"不过是个故作姿态的家伙"，我想。然而完全不对，根本不是那样。马丁，真正的马丁，是个单纯和敏感到令人发指的人。

我经常留意他，看着他，听他说。他对美好材料的品味，他对完美的渴求把他塑造成一个审美的行家、一个探索者。一定要听听他阐释他产品系列的逻辑，那简直就像拆解一套复杂的机械装置。

他从一种面料、一次剪裁、一款造型开始，然后经常是在相当深色的材质中，让组合方式渐趋多样化，以难以置信的精心和讲究让他那个时代的女性舒适、优雅而迷人。

马丁身上最打动人的，是他融合了表面上看来吹毛求疵的专业性、近乎丧失理智的对细节的迷恋、令他成为大艺术家的对舒适的关注，以及同时具备的具体、实用、现实的一面。马丁自己构思并实现了许多精彩的作品。人们对他的辨识，与其说是通过一种风格，更多的是通过他签名的东西本身。可能正是因为这一点，他才与爱马仕的文化如此投缘。

马丁与巴塔巴斯是兄弟。他们都不追求任何"光彩"、任何夺目，而是把马往前放，把服装搁在首位；他们不谈自己，只谈他们所做的事。我不知道他们彼此是否认识，但那位野性的骑士和这位厌恶拍照的水手身上有着比他们自己认为的更多的共同点。他们都是英勇无畏、风一般自由、不畏艰辛的人。他们神秘，难以把握，因为知道自己要做什么而十分骄傲，因为不断自我质疑而十足谦卑。当他们看到自己完成的作品时，会获得巨大的乐趣和满足，同时又有勇气将一切推倒重来。他们傲慢、无视传统，又总出人意料。简而言之，他们看上去处于边缘，其实，他们才真正位于奢侈的核心。

2

玫瑰手袋

多少年了，它一直就在那层货架上。

两年，还是三年，已经没人知道了。而就像那些无心恋战的财务专家们说的，这东西该"折旧贬值"了。

也许早就可以把它收到壁橱里了，然而那可不行，那太狠心、太无法接受了。这手袋已经成了一名家庭成员，商店的一位朋友。它就待在那里，一动不动，像在那儿扎了根。

这是因为这只手袋有点特别。玫瑰色，用的是鳄鱼皮，钻石搭扣，在货架之上俨然是一笔小小的财产呢。

每隔一段时间，店员便给它换个位置。

为了彰显它的重要，他们把它放在商店的入口处，或是侧面、中间，或是最里面。

它蒙受了数不尽的灰尘，成百上千的顾客从它面前鱼贯而过，它徒劳地期待着能得到哪怕是回眸一瞥。

这只玫瑰色鳄鱼皮手袋令店员们绝望，但也没把它怎么样，它还保留在那里，指望着有一天它的命运能有转机。

手袋有点变旧了，糖果般的玫瑰色有些发暗。而那些钻石，虽说每天都在擦拭，也不那么闪闪发亮了。

"得把它弄走，"皮具部的负责人说。"不能再留着它了。"销售主管加了一句。简言之，这只玫瑰色手袋给人添堵，它死赖在那里不仅碍手碍脚，而且还成了一个可怕的参照。

这手袋真是抬不起头来，可造成它失败的是它的价格、它的外观，还是它的皮质？

既然无力把它从这请走，店员们便开始嘲笑它，把它归为"赔钱货"一类。这对一只手袋来说可谓奇耻大辱。

一个星期一的上午，一位女顾客偶然从这只已被束之高阁的玫瑰手袋前经过。手袋距离稍远，略显一丝屈尊俯就之态。

它俯瞰着芸芸顾客。

"能让我看看吗？"女士说道。

女店员兴奋异常地把手袋取下来，戴着白手套，生怕在鳄鱼皮上留下划痕。她报出了价格：11万法郎，还笨嘴拙舌地加上一句，好像辩解似的："夫人，您看这钻石，多棒啊。"而顾客却反驳道："不，漂亮的是这手袋本身。这颜色太独特了，我还从没见过这样一种玫瑰色……"吉尔伯特——那位女店员，听到那位夫人又说"我要了"时，简直不敢相信自己的耳朵。

一个眼神，胳膊的两个动作，小手抬三抬，吉尔伯特使出浑身解数发出信号。

"玫瑰手袋卖出去啦。"

消息立即在店里不胫而走。

在收款台，手袋已然备好，小心包裹，擦得锃亮，包装精美，橙色盒子显得分外奢华。

女店员陪着顾客来到收款台。

"您是付现金还是用信用卡？"她问道。

"美国运通。"顾客自信地回答。

卡片沿着这条一般都很令人放心的小道滑过。

但是这一遭，卡片过了一次、两次、三次，然后停了下来。

沮丧的收款员只好低声承认：

"不行，夫人，卡刷不过去……"

"这卑鄙的家伙，"顾客大笑道，"我离了婚，肯定是我丈夫冻结了我的户头。我明天再来，手袋给我留着，到时我付现金。"

又一种头部动作，外加几个另外的手势，所有的人面面相觑，心知肚明。

出了些状况。

手袋留在盒子里，顾客气冲冲地一溜烟出了门。

吉尔伯特静静地回来，解开带子，打开橙色盒子，把手袋放回到搁板上。

到点儿了，商店打烊了。手袋一直还在那里。失望巨大无比。"一切罪魁祸首就是那糖果玫瑰色""这包就是个卖不掉的货"……"明天，"主管咬着牙说，"就把它请走。"

玫瑰手袋的故事到这里本来就该结束了。

第二天上午将近11点钟的光景，一位先生来了，把手袋要过来，看了又看，爱不释手，然后要买下。

这回，美国运通卡顺利通过，手袋卖掉了。糖果玫瑰色总算是恢复了名誉。吉尔伯特，也算是缓过来了。悲观主义者们这回是没话可说了，切齿冷笑也可休矣。

玫瑰手袋的故事是该到此结束了。到底是卖掉了，最终，它遇到了自己的白马王子。

而就在那天下午，一件意想不到的事情发生了。

前一天的那位女士，就是让店员把手袋给她留着的那位，她能让谁相信，即使在那只手袋被卖出时的哪怕任何一秒钟，说日后这位顾客还会回来寻它，用现金把它买下。

有谁会把这种离婚的事儿当真呢？

而那位女士真的来了，微笑着，幸福地喜笑颜开地把 11 万法郎的银行支票自豪地放到收款台上。

"我来找回我的梦。"她一字一句道。

惊愕，局促，什么都难以形容整个销售队伍那震惊的、痉挛着的面孔。

如何把整桩事情解释清楚呢？怎么说好呢？

吉尔伯特鼓起勇气，为这位顾客讲述了事情的经过，并保证弥补对顾客的这一失礼。该手袋将会再做一个，最后一个，保证完全一模一样。

这条玫瑰色的鳄鱼真是懂得静候它的猎物。

3

奢侈品业的几位武士

1988年，这一年，我发现了奢侈品业的部队。

他们列队整齐，充任着神殿的守卫。

他们在同一些街区生活，在同一个圈子周围工作，集中于巴黎一个很小的范围内，从星形广场（l'Etoile）到协和广场（la Concorde）之间。他们人以类聚，彼此投桃报李，礼尚往来。似乎是奢侈品业存在着的一种血亲关系，令他们得以成功。他们说着同样的话，他们所认识的客户也同样如此。

武士们拥有自己的公司，他们都是继承人。

他们的父辈、祖父辈，也曾坐在同样的位置，在同一张写字台后面。

他们时常一起狩猎，抽同一种雪茄，组织同样的晚宴。

夏天，三三两两地约好，他们移居到比亚里茨（Biarritz）[1]、蒙特卡罗（Monte Carlo）或是多维尔（Deauville）[2]。

他们事事称心，生意顺风顺水。这里是平静的港湾，大家呼吸

1　比亚里茨：位于比利牛斯山和粗犷的海岸之间，是法国大西洋沿岸最豪华、最庞大的度假胜地。

2　蒙特卡罗、多维尔：位于法国诺曼底核心的世界知名海滨度假胜地，向来代表悠闲高雅。

着令人放心的常规气息。

真可谓"年年岁岁花相似"。口袋里的钱足够保障优越的生活。安全的心情主导着一切，仿佛未来已经打了保票，不会出现任何意外了。

在他位于圣佛罗伦坦大街风格别致的豪华府邸，让·德·穆易（Jean de Mouy），又名巴杜（Patou），穿着苏格兰高尔夫球服，抽着粗大的雪茄，坐在二楼。

巴杜，是自 1920 年代唯一存留下来的品牌。

保罗·波烈（Paul Poiret）[3]、杰奎斯·菲斯（Jacques Fath）[4]、巴黎世家（Balenciaga）[5]、玛德琳·维奥内特（Madeleine Vionnet）[6]、卢西恩·勒隆（Lucien Lelong）[7]、莫利纳斯（Molyneus）[8]、夏帕瑞丽

3　保罗·波烈：幻想主义时装大师，1879 年 4 月 20 日生于巴黎。

4　杰奎斯·菲斯：高级定制时装设计大师（1912—1954），出生于法国巴黎，与 Christian Dior（克里斯汀·迪奥）和 Pierre Balmain（皮埃尔·宝曼）一起被认为是二战后对高级定制时装最有影响力的三大设计师。他还曾为电影《红菱艳》设计服装。

5　巴黎世家：创始人克里斯托尔·巴伦西亚加（Cristobal Balenciaga），1895 年生于西班牙的一个渔村。被誉为代表二十世纪的伟大天才设计师，其设计的时装堪称"革命性"的潮流指导，被很多名流贵族指定穿着，包括西班牙王后、比利时王后、温莎公爵夫人、摩洛哥王后以及许多美国好莱坞明星等。现隶属于著名的奢侈品集团古驰（Gucci）集团。

6　玛德琳·维奥内特：和 Coco Chanel（可可·香奈儿）、Elsa Schiaparelli（艾尔莎·夏帕瑞丽）一起风靡于二十世纪二三十年代的三大女性时装设计师之一。她的设计强调女性自然身体曲线，反对紧身衣等填充、雕塑女性身体轮廓的方式，有"裁缝里的建筑师""斜裁女王"的称号。

7　卢西恩·勒隆：1889—1958 年，活跃于二十世纪二十至四十年代的法国时尚品牌经营人，其设计师包括迪奥和纪梵希等。

8　莫利纳斯：1891—1974 年，出生于英国的著名法国时尚设计师，其时尚公司于 1919—1950 年间在巴黎运营。

（Schiaparelli）⁹，从他们黯然离去的那天起，他们就被排除在优雅竞争之外了。只剩下了巴杜。

为了进入那巨大的房间，我踏着涂有一层薄薄的透明防滑蜡的梯子，一步一步地走上去。我想起了让·巴杜（Jean Patou）¹⁰ 的那辆希斯巴诺—苏莎（Hispano-Suiza）¹¹。我看到的是这个人在他比亚里茨的奢华别墅会客时的照片，穿着条白裤子！

在让的办公室，墙壁轻微颤抖，上面挂的画在晃动，地铁正从底下经过。我看到巴杜的一张照片，他正对女人们爱慕不已，而他的香水是那么有名。我想起"告别理智"、"爱啊爱"和"快乐"¹²，都是些世界上最昂贵的香水！

我再次感觉到令我们晃动的微震，仿佛一条声明在预示，这地方建得不是那么好，业主对这栋建筑也没那么上心。这是我的反讽感在向我发出警告。

我自己并没有太多问题要问。我只想知道，为何曾为巴杜工作的克利斯汀·拉克鲁瓦会跑到竞争对手那里？而其他人，如马克·博昂（Marc Bohan）¹³ 或卡尔·拉格斐，为何最终也离他而去？……但

9　夏帕瑞丽：1890—1973 年，与香奈儿齐名的意大利时装设计师，深受萨尔瓦多·达利等超现实主义者影响，在两次世界大战期间声名显赫。

10　让·巴杜：即前文提及的让·德·穆易，世界著名的法国香水大师。

11　希斯巴诺—苏莎：有着百年历史的西班牙豪华跑车。

12　三款香水，号称"爱情三部曲"，分别以爱情的三种不同状态为灵感创作，据说也分别适合棕发、红发和金发三种不同发色的女士。

13　马克·博昂：1926—，曾为迪奥公司服务 30 年的法国时尚设计师。

我犹豫着，等待着。日后，我会渐渐明白的。

莫里斯·罗杰（Maurice Roger）曾在上千个小玻璃瓶中间接待我。一位化学家。

很快，我就被这位头回见面说话就那么直白的人所吸引。我喜欢这种直截了当，它把我带回到我的老本行——重工业。

和他在一起我感到很自在：他反感上流交际，举止唐突冒失，为人直率且学识渊博，他在这间迪奥香水总裁的小小办公室里，终日游弋于这些不知其名的小瓶子间。

莫里斯·罗杰提起巴什拉（Bachelard）[14]，对这人我一无所知；还有波德莱尔（Baudelaire），对他我还知道一些。

令他感兴趣的只有《恶之花》，其他都不行。然后他继续介绍他将如何在爱尔兰的一堆"间歇喷泉"正中间推出他的"华氏"（Fahrenheit）[15] 香水。

他给我解释露华浓（Revlon）[16] 乃是死于其对利润的痴迷："愚蠢的利润率、整体上的失误、错误的优先顺序。蜜丝佛陀（Max Factor）[17] 也是死于同一种疾病，那就是为了业绩不惜一切代

14　巴什拉：法国当代哲学家、化学家、逻辑学家。
15　"华氏"：迪奥的一款著名男士香水。
16　露华浓：创始于美国的一家国际化妆品集团。
17　蜜丝佛陀：创始人是美国好莱坞彩妆大师蜜丝·佛陀先生，他为一代又一代的好莱坞明星打造了无数传奇妆容。

价……""能让我瞧得上眼的，只有雅诗兰黛（Estée Lauder），因为它是一份家族生意。"他补充道。

"您去问问他们如何生产一支口红，如何推出一款香水，他们什么都不知道。"

"当奢侈品业被当成螺栓生意一样经营时，就要大祸临头了。"

"唯有自由，"莫里斯·罗杰继续对我说，"才能造就创意。一款香水构成的是一个整体，要审慎挑选名字和瓶子的样式。奢侈品是一门完整而全面的科学，什么东西都不应逃避对于最小细节的检验。它需要兼收并蓄、品味、优雅，以及完美。"

莫里斯·罗杰是自负的。当他与贝尔纳·阿诺（Bernard Arnault）[18]——他在巴黎综合理工学院（Polytechnique）的同学意见相左时，他径直离开，憔悴而受伤，静静地消失在旷野中。

阿兰·伯琼（Alain Boucheron）好像一位英国贵族，有点"呆板"，总是衣着笔挺，坐在他旺多姆广场（place Vendome）[19]那张极其时髦的办公桌后面。

其人看上去既不怎么灵活，也不太和蔼。

其店窝在角落里，在卡地亚对面，只有真正的富豪才会往这里走。

需要推开一扇沉重的大门，一位着灰色西装的先生会为您把门

18　贝尔纳·阿诺：法国首富、世界奢侈品业教父、LVMH 集团缔造者，被誉为"奢侈品业的拿破仑"。
19　旺多姆广场：巴黎奢侈品店集中的地方。

打开，打量您的面孔，这种做法会使陌生访客觉得浑身不自在，以至于扫兴地抽身离去。

要先登上一层楼，才能穿行在这位贵族的办公室里。而要想获邀进入那里，须有极好的理由才行。阿兰·伯琼总是神龙见首不见尾。

在其冰冷而疏远的斗士面具后面，浮现的是一种令人愉悦的幽默，一种十分现实的对话能力，以及一种毋庸置疑的勇气。

此人是清醒而果敢的。而他给人的印象与他的真性情相去甚远。他忠诚可靠，能够面对批评，支持朋友，立场坚定，慷慨宽厚。

他有一种非常特殊的节奏。

他的职业使得他每个晚上都要外出，对张三李四都要友好，任何庆典、任何舞会、任何晚宴都不能推掉。在这些永无休止的社交活动中，他都显出喜悦的神情。夏天，他把办公地设在蒙特卡罗的巴黎酒店，毫不犹豫地在拉巴特（Rabat）[20]、卡萨布兰卡或是马拉喀什（Marrakech）[21]翘首以待，也许几小时、也许几天等着哈桑二世[22]召见，耐心地拎着小皮箱，以便成为王公们的销售员，成为这个世界上的权贵们的奢侈品奴仆。

伯琼是个销售员，但他首先是这个时代奢侈品业的一个人物，

20　拉巴特：摩洛哥首都。

21　马拉喀什：摩洛哥伊斯兰教王朝统治过的一个古都，四大皇城之一，有南部首都之称，摩洛哥旅游胜地。

22　哈桑二世：曾任摩洛哥国王。

挥舞着各种镶着宝石、钻石的新式武器横扫对手。

罗伯特·里奇（Robert Ricci）在蒙田大街一间关得严严实实的办公室里，跟我聊莲娜丽姿（Nina Ricci）[23]。他已是老态龙钟了，但仍站得笔直。他不慌不忙地讲述这个以其母名字命名的品牌。

以一种令人印象深刻的冰清优雅，他惜墨如金地描绘着他的帝国。作为保护者和持有人，他独自一人支撑着整个品牌。

无一丝微笑，无一句过分的话，他不动声色、毫无犹疑地表述着 Nina Ricci。

这种淡定令我不安，让我觉得自己一无所知，他则什么都没讲，只是在对我照本宣科，为了更轻易地把我打发掉。"没啥可看的，走吧。"

我看出来了。

帝希特（Tilsitt）路的拐角，星形广场的一座元帅宫内。

一所巨大的府邸，一座富丽堂皇的府邸。

我观看着。

23　莲娜丽姿：创于 1932 年，以服饰起家，以香水闻名于世。创立者是出生于意大利的莲娜·丽姿（Nina Ricci），她是二十世纪三十年代巴黎最杰出的服装设计师之一。1932 年在法国巴黎和儿子罗伯特·里奇一起创立同名品牌，现在的莲娜丽姿已是法国最大的时装公司之一。

大理石楼梯好似凡尔赛宫。

我进到部长级的办公室，如此之深阔，我得走半天才能到达我的座椅。

像这样的办公室我只见识过一间，那是在爱丽舍宫，去见密特朗总统。

在我对面，是贝尔纳·朗万（Bernard Lanvin）[24]。

在这个奢华到接近浪费程度的空间里，坐姿慵懒、身着蓝西服套装的这位著名公司总裁为我从头道来："好好听着，年轻人。"他开始整段整段唱起了朗万的老调子，就是他公司那些事，缺乏热情，语调疲惫。他的毋庸置疑反令我疑窦丛生。我听着听着想起了让娜·朗万（Jeanne Lanvin）[25]，1930年代全巴黎的女王……我想到了博多里熙（Porto Riche）[26]，想到了《恋爱的妇人》……

连他自己都不太当真，他还给我解释朗万的战略，只能越听越糊涂。我搞不懂这类大事。这位武士在我看来对自己也没什么信心，总之，令人担忧。

而我感觉到了在办公室的面积、场所的庄严壮观与谈话内容的脆弱性之间存在的裂隙。

这家公司的营业额在我看来也是微薄得可怜，我对其万丈雄心与现实之间的落差充满了疑问。

离开此地时，我自言自语道："不幸之始。"

---

24 朗万：世界知名时装品牌。朗万在所有的巴黎高级时装中，是资历极老的一个品牌。
25 让娜·朗万：朗万公司创始人，法国著名时装设计师。
26 博多里熙：法国作家。

这还说轻了。

贾斯通·雷诺特（Gaston Lenotre）[27]在他的普莱西尔（Plaisir）工作室接待了我，戴着他的厨师帽，他那雪白的直筒无边高帽，芭蕾般的工作到处都伴随着他。

他到处拍着别人的肩膀，管他们叫"小子"，称呼别人都是"你"啊"你"的，对他那群毕恭毕敬的崇拜者们嚷着"走开"。

他是奢侈品大师，牢牢掌握着这个以他名字命名的品牌。人们待的是"贾斯通·雷诺特"，而不是什么别的地方。

他一盘一盘地品尝他那些餐品，然后变化、修改、增添、补充；他时而咆哮，时而称赞，嘟嘟囔囔，叽里呱啦，一会发作，一会平静，自得其乐，乐此不疲……总之，这位演员在带动观众方面可算是无出其右。

贾斯通真正是闻名遐迩。

他大胆、鲁莽地出发投入战斗。而这次他的狩猎场是美国。贾斯通大声而有力地告诉我，他将在休斯敦大获全胜，一切都将从休斯敦开始。

而在休斯敦，他输掉了他的公司。

美国自有其财富和成功之道。

---

27 贾斯通·雷诺特：法国著名糕饼大师。

玛丽-克劳德·莱俪（Marie-Claude Lalique）[28]跟我定了一次在莱俪的会面。由于对其过去充满自豪，她一上来便把她成功的秘密通通透露给了我。

"莱俪，就是水晶，水晶，完全就是水晶。"我听她给我解释，"莱俪，就是那些杯子、花瓶、物件。它是一段历史，一种文化。莱俪很小，而且应该一直很小……莱俪，就是莱俪，有它不可逾越的界限，有它历史的追溯，是它的历史定下了它的法则，启发着我的现代性。莱俪，那是我的家，我的父亲。但对于单纯延续，我是既无兴趣也无欲望。我所爱的是创造……"

她将会离开，而莱俪再也不会像从前一样。

丹尼尔·特里布亚（Daniel Tribouillard）[29]是个又矮又胖的男人。他和其他任何人都不像。必须好好观察这位约翰尼·哈里戴（Johnny Hallyday）[30]的朋友，才能看透他成功的秘密。

他没有英国贵族的派头。他不是从一个法国奢侈品家族的漫长谱系世袭下来的。他纯属自己为自己赢得一切，从老板手里一点一点买进公司的股份，然后成为李奥纳德（Leonard）[31]的领导人。

---

28 玛丽-克劳德·莱俪：世界顶级水晶制品品牌"莱俪"创始人的孙女。
29 丹尼尔·特里布亚：法国当代著名时装设计师。
30 约翰尼·哈里戴：法国歌手，著名摇滚乐巨星。
31 李奥纳德：法国著名时装品牌，成立于1958年。

他小心谨慎，懂得瞄准亚洲，首先是日本，然后是东南亚。他觉察到了美国的危险，远远地躲开了那儿。他嗅觉极其灵敏。

在以其大花图案一举成名后，他又设计了一款新式和服，再次名扬世界。

应该去曼谷看李奥纳德的时装秀，看丹尼尔穿着深色套装，向如醉如痴的客户们致意，这时才能理解一切！

在巴黎，他近乎籍籍无名；而在亚洲，他却大名鼎鼎。

特里布亚不显山不露水，他很少谈论自己，只是工作。

他与他那装饰着花卉纹样美丽织物的小精品店一起度日，以他极其特别的名气树立起自己的风格。他规划着，非常清楚自己要去哪里，并且获得了成功。

丹尼尔·特里布亚狡猾、机智、谦逊，广受认同。他从不为轰动效应出现在媒体面前，而他的生意是货真价实的。这些他都一清二楚，却三缄其口。他的成功的确是实至名归。

作为父亲的继承人，帕特里克·弗雷（Patrick Frey）接过了一份艰难事业的火炬——皮埃尔·弗雷（Pierre Frey）[32]的面料生意。

他勇气十足，虽有时略显鲁莽，但仍是这个尸横遍野的奢侈品圈中少数几个幸免于难者之一。他毫不犹豫地收购了布拉克尼

32　皮埃尔·弗雷：法国著名面料品牌 Pierre Frey 创始人。

（Braquenie）和布萨克（Boussac）[33]，并倾情投入。

桌艺、面料、彩色壁纸这类东西都唯有通过暗示才能算得上奢侈品。想靠贩卖这些产品来实现盈利其实是很困难的。而弗雷却不为所动，坚持着自己的航向……

今天的客户都去了别处买杯子、餐具、纸张。曼努埃尔·卡诺瓦斯（Manuel Canovas）[34] 的面料在 1990 年时是很棒的，但在一个正在演变的市场上还去生产这种不合时宜的东西，那就只好被淘汰了。设计师尽管才华横溢，也只有失去他的生意，卖掉他的品牌。他既不懂得坚持抵抗，也不懂得让人信服。

苏蕾亚多（Souleiado）[35] 倒下了，被冒牌货和经营失误所击倒。

而弗雷坚持得还不错。

不断更新产品，天生精力充沛，他前进着，仿佛眼前是一片一望无际的大草原。

他这种超越一切、轻描淡写地化解最大的困难、对所有问题都能找到解决办法的能力令人震惊，虽不免有些盲目，但仍弥足珍贵。帕特里克·弗雷四处旅行，为其品牌布道。他构思设计、捕捉色彩和创意，永远处于警觉状态。所有的杂乱无章都只是在表面上。他确信该把自己的支点放在何处，他一劳永逸地下定了一个决心——即使是在如此艰难的市场上，他也总能找到一条阳关大道。

一次困窘，令大家以为他已濒临绝境。已昭示的噩梦，令他夜

---

33 均为法国著名面料品牌。

34 曼努埃尔·卡诺瓦斯：法国面料、壁纸品牌，有典型的法国乡村风格。

35 苏蕾亚多：法国普罗旺斯布艺品牌。

不成寐。然而醒来后他又决然地向前猛冲，重新出发，令人惊讶。也许是下意识的，但肯定是心意已决。在帕特里克·弗雷身上有种意志，一定要把他这份遗产保护好，传下去，正是这份遗产给了他移山填海的信念。和巴塔巴斯一样，帕特里克·弗雷气宇轩昂地端坐在他的彩色骏马上，凝望着地平线，注视着即将接替他的儿子们，在他们的团团簇拥下，威风凛凛地把他的道路继续走下去。他的乐观就是他的盔甲。他的热情即是他的刀剑。

而明天的武士们又身在何处呢？

想象另一种可能

理想国 imaginist　●● 看理想　naive 理想国

看理想App畅听卡

赠

[看理想App]
150+ 档节目 | 9000+ 集小节 | 3000+ 小时
历史、人文、社科、艺术等节目可免费畅听

可免费畅听节目推荐

葛兆光×梁文道	从中国出发的全球史全6季
看理想×理想国	讲谈社·中国的历史
陈丹青	线条的盛宴（视频）
任剑涛	混搭的承诺：现代政治观念史40讲
许子东	20世纪中国小说
杨　照	资本论及其创造的世界
钱永祥	人性之镜：动物伦理14讲
杨　照	温情与敬意：钱穆学思总览
庞　颖	思辨力35讲：像辩手一样思考

扫码免费领畅听卡

4

裂 缝

二十年来奢侈品牌继承人一直在嬗变着。身为小心谨慎的守卫者，他们掌握着那小小的、知名的、受尊敬的品牌权柄。了解他们的客户，他们的孩子，以及他们的父母。

他们的世界是封闭的。

作为财产所有者和继承人，他们的名字与他们的生意联系在一起，他们以此为傲。

他们的生活都被安排得妥妥当当。蒙菲尔美的波斯盖城（Bosquets）[1]可打扰不到他。

娇兰（Guerlain）、伯琼（Boucheron）、朗万（Lanvin）、宝曼（Balmain）、梦宝星（Mauboussin）、轩尼诗（Hennessy）、尚美（Chaumet）、纪梵希（Givenchy）、高田贤三（Kenzo）、里奇（Ricci）、汉诺（Henriot）、姬龙雪（Laroche）、思卡利（Scali）、莱俪（Lalique）、萨米埃尔（Samuel）、勒诺特（Lenotre）、库克

1　波斯盖城：法国作家雨果的名著《悲惨世界》中，少女珂赛特长大的地方，她从小在此痛苦地生活。

（Krug）、泰亭哲（Taittinger）、吕萨吕斯（Lur Saluces）、雅宝（Arpels）、布耶（Bouilhet），以及所有其他的奢侈品人，都曾掌握着他们的生意，而后来全都转让出去了。

而路易威登集团（LVMH）和巴黎春天集团（PPR）[2]，以及其他那些以大写字母缩写为名者，都是靠收购建立起来的。

很多都被重组了。为了对抗糟糕的时代。为了在死亡之前抽身离场。为了明天不必靠贷款来面对那些短兵相接时终会惜败的强大企业。为了避免停滞不前，或是因为担心倒退，或是面对一个理解起来越来越复杂的市场，实在是疲惫了。

"奢侈品"这个词蒙蔽了那些分析，搞乱了地图与路径，令那些家族们茫然不知所措。因为要分享权力和蛋糕的继承人太多，因此尽管巴卡拉（Baccarat）[3]惊人地复苏，克利翁酒店（l'hotel Crillon）[4]亦有难以估量的价值，泰亭哲[5]还是全部出售了。也许是家族不和造成的剑拔弩张，也许是无法面对开设商店、酒店或推广香水所需的巨额投资，他们最后唯有放手了。

奢侈品界被从蚕茧内抛入了暴风雨中，从平静的港湾到了广阔的外海。而那些还漂浮在水面上的，都是些无意识的、勇敢的或是鲁莽的家伙。

2　巴黎春天集团：于2013年3月22日正式更名为开云（Kering）。
3　巴卡拉：世界最昂贵的水晶品牌之一。
4　克利翁酒店：法国历史最悠久的豪华酒店之一。
5　泰亭哲：法国五大香槟品牌之一，查尔斯王子与戴安娜王妃的婚礼用酒，被世界一百多个国家争相收藏。

然而还有些规模较小、独立自主、自担风险与危难的，如德利尔（Delisle）、弗拉戈纳（Fragonard）、德伦（Delorme）、卡朗（Caron）、柏图（Bernardaud）、诺埃尔（Noel）以及很多其他品牌，他们在不断成功并成长壮大。

那些家族放弃他们的品牌常常是因为害怕失去全部，害怕彻底垮掉，害怕难以为继，永远消失。家族们分化了，放手了，在颠覆其客户及其习惯的深刻变化面前慌不择路。

他们不再一起生活、一起就餐，不再分享大事，只剩下彼此鹬蚌相争的野心。

奢侈品界是彻底改头换面了。

在巴黎，已经没有哪座豪华酒店是法国人的了。最后一座——克利翁酒店已经成了美国人的。布里斯托酒店（Bristol）则多年前就早已成了德国人的，广场酒店和乔治五世酒店（le Plaza et le George V）成了英国人的，丽兹酒店（Ritz）[6]成了阿拉伯人的。

只有少数几位年轻骑士还敢上场一搏，自己都惊讶自己居然还能站在那里，幸存下来，而他们中的有些人已经呼吸困难，或严重缺氧。

的确，奢侈品界的地毯上铺满了名人们的遗骸，格蕾夫人（Madame Gres）[7]、巴黎世家、扬森（Jansen）、罗谢·法雷（Roger

---

6 丽兹酒店：位于巴黎旺多姆广场，以浪漫奢华著称的法国老牌酒店，现属于万豪酒店管理集团。
7 格蕾夫人：法国高级定制服装的先驱。

Fare)、夏帕瑞丽……他们提醒着那些发抖的人，死亡是十分正常的。

奢侈品业有大量伤员，像拉克鲁瓦、朗万、宝曼、姬龙雪、昆庭（Christofle）[8]，还有纪梵希、思琳（Celine）、兰姿（Lancel）以及其他许许多多，只能将自己托付于那些能为他们带来新鲜空气、能把他们置于自己羽翼之下的强大保护者，那些能提供大笔资助将他们的损失欣然计入自家账下的慷慨捐赠人。

就这样，那些"当家人"大部分便从此消失，彻底湮没了。

暴风雨在奢侈品业的村庄肆虐。

羽翼纷纷坠落。

栅栏一再抬高。

平静的大海动荡飘摇。

新一代奢侈品业已然物是人非，奢侈品业的品行也已是另一番光景。

它咄咄逼人，受到评判，得到报偿，或遭到驱逐。

表现本已良好，但总要做得更好，且永远还要更好。

日渐平庸，奉行着奢侈品业游戏的财务规则，面对的是在全球化竞争的转折点等着它的审查官们。

蔻驰（Coach）这一新兴的美国奢侈品品牌，对过去毫不在意，以今天的奢侈品人自诩。蔻驰自有权力在这个圈里插上一脚，安营扎寨。

就在东京的奢侈品宝地银座，爱马仕商店的脚跟底下，蔻驰断定奢侈品市场对它是开放的。谁能说不是呢？

8　昆庭：法国银器定制顶级品牌。

作为一家年营业额达二十亿欧元的奢侈品公司，蔻驰的分量胜过了爱马仕。但能持续多久呢？

事实上，蔻驰成功了，从一种新兴奢侈品的角度，它发出的喊声是"我怎么就不行？"

而且很奇怪，有些说法现在四处流行，人们都只提"牌子"，而不再提"商店"，只提设计师，而从不提工匠，还有技艺、博物馆、寿命等等。

在某些人那里，这些听起来很虚假；而在另一些人那里，这些则说得很对，因为仍是严格的真理。但当到处充斥的都是同样的词语、同样的音符、同样的图案，人们又怎样去分别呢？

答案就在于词汇与其使用者使用该词汇的合法性之间的微妙关系。

有人觉得客户自会区分开来，谁实话实说，谁是模仿者，然而有那么确定吗？

在大的和小的、真的和仿的、老的和新的之间，严酷的战斗展开了。

如果梅吉·罗夫（Maggy Rouff）[9]和她的朋友克劳德·圣西尔（Claude Saint-Cyr）[10]、莲娜·丽姿或是让娜·朗万醒过来，她们肯定认不出今天的奢侈品界了吧。

的确，奢侈品界的边界是变动不居的，只有那些一直随其轮廓调整变化的人，方能在这个世界里自在沉浮。

9　梅吉·罗夫：法国著名女装设计师。
10　克劳德·圣西尔：法国著名帽饰设计师。

人们不得不发出疑问，是否奢侈品行业永远属于那些仍然相信自己就是奢侈本身的天生所有者们。

如今"法国制造"或"意大利制造"意味着什么？

奢侈品行业不属于任何人。中国大陆、台湾以及别的许多地区终将纷至沓来，他们有的是才华横溢与雄心万丈的学"设计"的学生们。

然而，大可不必为了"法国制造"被替代，或者"古驰制造"带来的利益使得"意大利制造"销声匿迹而大惊小怪……

况且，法国如意大利一样，对于优秀的品质、至高的奢侈乃至不计代价的考究而言，都是一块不可替代的土地……这里还需要更好地耕耘！而且还需要赋予"法国制造"新的力量与意义！

在法国与奢侈之间，有着一条几乎是显而易见的天然纽带。这就是以我们的葡萄酒、我们的博物馆以及我们独特的土地形成的法国生活艺术，仍在令整个世界梦寐以求。巴黎对于情人们来说是个神话，对于数以百万计的人们来说是个梦想。

如果说法国人并不总是热爱法国的话，外国人倒是喜欢来我们这里，尽管有罢工，还有 CNN 的那些报道。

法国仍然承载着自由、创造，以及某种幸福的形象。这种怀旧与生命喜悦的混合赋予了法式奢侈一种质感、一种芳香，在别处是找不到的。

法式奢侈是对一种存在方式、一种地理特征、一种哲学传统以及一种历史渊源的表达，这给我们的产品加上了一种极其特殊的文化维度，以及最终的一种超前寿命。

伏尔泰与孟德斯鸠，拉·封丹、司汤达以及巴尔扎克支持着我们，就在我们的品牌专卖店的那些后间里。

拥有国家图书馆、拉德芳斯、贝聿铭的"金字塔"以及布朗利河岸博物馆的那个法国正在老去，但却使我们得以达到一种更加自然的信念，没有这一点，我们即便是筋疲力尽也很难令人信服。

"神奇之水""法布街 24 号""橘绿之泉""大地""马车""地中海花园""尼罗河花园"都是爱马仕香水的名字，它们既不支持一种外国语言的翻译转换，也不允许在让人知道它们是法国的这一点上模棱两可！爱马仕就是鞍具制造商，就是巴黎的，还是法国的！

1989 年，在纽约的库珀—休伊特国立设计博物馆（Cooper-Hewitt National Design Museum）[11]，大卫·麦克法登（David Macfadden）[12] 策划并实施了一场精彩的展览"法国生活艺术 200 年"。

在著名的巴黎装饰艺术博物馆馆长伊冯娜·布伦哈默（Yvonne Brunhammer）的帮助下，他展示了那些奢侈品大品牌是多么懂得与他们的时代紧密结合。在这个回顾展上令人深深铭记下来的那些家具、水晶、服装作为符号，充分诠释着人类的憧憬与烦恼、战争的残酷以及对和平的渴望。

"光荣革命时期""拿破仑时期""复辟时期"，一个个时代通过其象征物品，以其生活或是幸存的艺术，更迭相续。

11　库珀—休伊特国立设计博物馆：位于纽约的一家设计博物馆，是美国唯一一家致力于收藏历史与当代设计结合的博物馆，它的藏品与展览以横跨 240 年的维度探讨着设计在美学与创意上的贡献，并是全球收藏装饰艺术时期设计最全面的博物馆之一。

12　大卫·麦克法登：曾任纽约艺术与设计博物馆首席策展人。

通过展示绘画、家具、物件、面料、瓷器等，大卫·麦克法登证明了那些奢侈品历史上的伟大名字与这一历史本身之间存在的强大纽带。

在 1989 年离开库珀—休伊特设计博物馆时，人们可以为法国奢侈品的未来赌下一注；而二十多年后的今天，精神的状态已然是相同的。

而奢侈品行业已经变得模糊不清，领土不明，很多地方早已改头换面。

从今往后，奢侈品会有很多种。

奢侈品行业正在分裂。

它还存在吗？

5

一位品牌掌门走了。最后一个?

在家族奢侈品牌那些幸免于难者当中,我认识让–路易·仲马(Jean-Louis Dumas)。

我之前从未见过他。我来自工业领域,一直在汤普森的工厂或是家庭装修用品商店工作。我了解的是那些布料洗涤机器的库房,而对于旺多姆广场或是蒙田大道这样的地方则一点不熟。

1988年,一次偶然的机会让我遇上了奢侈品界的巨头们。

让–雅克·娇兰(Jean-Jacques Guerlain)事先警告我说:"您会见到小仲马。当心,他光彩照人但难以捉摸,有点疯狂。我蛮喜欢他,但还是会小心点儿……"

我心里有了底。

按他定好的时间,我在他位于法布–圣奥诺雷大街的办公室的候客间等着他。

四十五分钟后,我要走了。他那班秘书们则用错愕与责备的目光看着我。她们像一帮怨妇或是一群蜜蜂般蜂拥过来,温柔而面色不安地对我说:"等一下,等一下,他总要迟到一会儿的,仲马先生嘛……"

迟到一会儿?我可不奉陪了。

故作惊讶的让–路易·仲马当天下午给我打来电话。在他看来，我说的话显然很奇怪——"我等人从不超过三十分钟……"从他的声音里我能听出来，他是既有不悦，又觉得好笑！

1978年，让–路易·仲马刚到爱马仕的时候，爱马仕还是一桩家族小生意。是他快马加鞭，同他的表兄弟帕特里克·盖朗（Patrick Guerrand）一道，让爱马仕走遍世界，又一手开创手表业务，对丝绸和皮革产品进行了创新，颠覆了传播的模式，最终成功地将一家小企业脱胎换骨地转变为一家光芒万丈、财源滚滚的企业集团。2006年，爱马仕和它的近七千名员工、爱马仕的全体股东、爱马仕的所有供货商将这台惊人的造梦机器的胜利归功于让–路易·仲马。将一个企业的成功等同于某一个人的成功到如此地步是十分罕见的。但就爱马仕的情况而言，可以说的确是让–路易·仲马，而且单凭他一人之力，就让这个品牌一飞冲天。世人也因此将他铭记。

让–路易·仲马，首先是一种目光，一种眼神。这种目光锁定你，质询你，令人惊讶；这种目光可以看透你，可以杀了你，也可以庇护你；仲马的目光可以欢迎你，纠正你，对你施以魔法。在他那里，这目光走在握手前面。他的注视令人生畏，给出回答，总结对话。仲马的目光是跳跃的，就像巴塔巴斯之马，吸收着各种声音、气味和感觉，予以长久保存，伺后用于诞生创意。

仲马这"调皮鬼"以目光来表达他的亲切、他的残忍以及他的判断，有时则来得过于迅速。他射出的箭可以同时带有毒液和奖赏。

人们期待仲马的注视，更甚于他的话语。

此人的交流方式是奇特的。各种词语在他那里均有其特殊意义。他对于在恰当的时机使用恰当的词语有一种痴迷。这与他一会儿热情似火、一会儿怒不可遏，都能达到极点，且时不时地把他所说的一切搞个180度大转弯，并一点也不脸红的本事可真是大相径庭。这是因为在他那里，恰当的词语并非总是说出来的，更经常的是写出来的。要借助作者的手笔，才能了解他的想法，或是衡量他的反应。

谁要是轻易拿让-路易的话当真，谁就会尝到苦头。只有写下来的字才有履约价值，画下来的画则更佳，那是他认账的终极证据。

让-路易画啊画，铅笔勾线，彩笔上色，在最出人意料的时候，在所有的地方，甚至是在教堂。在那里，合乎礼仪的做法是保持缄默，而不是掏出他那著名的红色小记事本……但他满不在乎，自顾自地画将起来，毫不理会前后左右的目光，一点不管别人是否理解。这是出于他对随心所欲的疯狂迷恋，一种无法克制的拿起铅笔的欲望，迫不及待、无法忍耐的乐趣来自尽情挥洒，将一己之贪欲铭刻于纸上，过后再带着幸福感来重读，从而见识自己的胆气，并因此而得意，伴着欢笑，抑或泪水。

这就是仲马，永远笼罩着一种非同寻常的双重性。此人不断切换他的两面性，有时严肃、焦虑，有时疯狂、随性；既明晰清澈又耽于幻想，既是孤独的狼又是团队领头羊，既是设计师又是会计师，既性格内向又口才出众，交流同时思考；虽然退了、不玩了、落单了、远离了，却永远立于巅峰。

他喜欢让别人能放松下来，但他们要平和地表达，因为是他掌控着一切，驾驭着战车，描画着所有的轮廓和转折，确定着前进的路线和速度，在一种只有他洞悉玄机的疯狂轨道上锻炼他乐队的乐手们，从而将乐谱转化为由让-路易收集、组装和建构的诸多小块构成的整体。

他喜欢拼图游戏，前提是他来决定各个单片的形状，以及它们互相嵌合的具体方式。

他那急促而不规则的节奏是无法预见的。

他忧心忡忡，四处颠覆。为了防备打击、拷问以及突发事件，每个人都被锻炼得身强体健，并得以同他一起跨越那些造成"外强中干"的重重障碍。

仲马让爱马仕成长起来了，也让这里的人全都成长起来了。

有谁敢于向他员工中的数百人提出做一次环绕地球的漫步和历险，只为了去发现世界的美好，去关心、热爱和观察这个星球，并给每个人重新安上创意的大发条，总之，考虑的是团队的力量完全在于其整体上自我超越的能力？

又有谁敢于派出几十位设计师和工匠到印度或者日本最偏远的角落，去邂逅其他工匠，去无言地交流、分享、观察那些动作，理解那些工具，以另一种方式呢喃，并在思考与想象中快乐地走得更远？

让-路易倾听着世界，即便他听见的只是他自己。

以大大小小的各种声音酿成自己的蜜，他演奏着他自己的音乐，对于表面的迹象不屑一顾，只专注于本楼层的工人，或是电梯里偶遇的某人发出的神秘信号。

是什么在影响着他？

这影响就像滨海瓦朗日维尔的海浪，在海滩上为鹅卵石所击碎。而对于明天的大海会如何，它的颜色、它的力量，人们仍是一无所知。

让-路易盘腿而坐，在他位于庞丹的办公室，到处都是纸头、布片，以及翻开一半的书籍。来访者是挑好的，陌生人和擅自往里闯的一律挡驾。因为，一切都是说话能否投机的问题。

为了永远不担破坏和谐的风险，人们应该闭上嘴巴，瞪大眼睛，毫无表示。最糟糕的就是说出"我喜欢"或者"我不喜欢"。

寂静包围着这个小组，让-路易说着话，别人可能还以为他正自我陶醉。不，他是在评论，时而把话头交给这位或者那位，然后再收回来，反对一番。他声音低沉、逗乐，那些最深刻的词会与一句最荒谬的话串到一起，为的是激发思维，而千万别沉入该死的平庸世界。

让-路易抵抗着保守势力，探究事物的根本，倾听所有能让人提升的东西，对所有飞来飞去的东西打着哈哈。他寻找着能判断新想法的新道理，将别人的反应化为己用，谴责煞有介事地标出的某条死路，而将某位创意者的阳关大道归类为安全出口，对于有人居然敢对爱马仕指手画脚假装勃然大怒。他对那些受惊吓的和受伤害的人玩弄手腕，以便更好地对其施加影响，使其最终的确是因为他而快乐地集结在由他指定的强有力且正确的想法周围。

这是个艺术家，聪明、有天分、备受仰慕、狡猾、奸诈。他也会毛骨悚然，因为已经懂得挫败种种圈套，有惊无险地在钢丝上换脚；有时则背信弃义，重拾被偶然搁置的创意，搞成他的，再卖给别人，还在赞赏的观众面前招摇。

小丑的把戏玩得不坏。

戏码绝对精彩。而且,他有他的道理。另外,产品会自己卖出去的。

晚了,让-路易要走了。在他法布街的巨大办公室里,他把照片遗落得四处都是。办公室旁边是一个有棵苹果树的美丽露台,用那苹果做成的估计是世界上最昂贵的果酱。他匆匆离去了。

在他后面,他的司机大包小包拎着一堆,里面都是信件、文件、创意,因为让-路易有饥饿症,永远饥肠辘辘,永远填不饱肚子。

晚上,白天,星期日,他想象着,批注着,书写着,草草签下"是""否""好",这些小字将去往世界各地,如长途飞行的鸽子,从来不会弄错目的地。

让-路易与传送他信息的鸟儿们一起工作,似乎是如此多的书信在校正射击、扩大优势、责备或是奖赏,使得整个公司的节奏永远不会停歇、安静或中断。

像巴塔巴斯一样,他只懂得他那匹马,他亲密的朋友。他喜欢爱抚它、嗅闻它,对它说话,最终对它充满信心。但谁是他的那匹马呢?他在哪里呢?

他信任谁?所有的人?某个人?他自己?

当他看账目的时候,他最有信心;当他见艺术家的时候,他最能倾听。在他身上,信心是变化的几何形状。它自己变形,演变。但或许他懂得依照着自己的指引,去生成一种无与伦比的信心资本?我听见他在谈到自己时仿佛在说别人:"这是让-路易·仲马所希望的……"

我没在做梦。此时此刻,他正游离于自身之外,保持一定距离,以此确定他的意愿。即使是在高处来看，他也上得有点太高了。

他所拥有的对于其他人的信心，属于神秘、不可能的范畴。没有人能知道，所有人都试图充分信任地跟他无话不说，而他又听进去了什么？

一点也不重要。他喜欢的，是其他人的自由；他欣赏的，是人们采取的主动性。即便是那些他不认可的，但却在最深处打动他的，是那些在必要时不惜反对他的旨意、孤身前行的男男女女。而在大发一通脾气后，他会辨认出性格的力量、胆识和勇气……他对别人的勇气有信心，而一点都不欣赏习惯性的谨慎、自我保护性的开场白，表面上令他开心的恭维奉承，实际上对他不起任何作用……

让-路易是位立于不败之地的"品牌掌门人"。他无视传统、意志坚定、风趣幽默、讽刺挖苦、疑神疑鬼、乐观自信，总之，他是一类特殊物种，引人好感，又惹人不快，有时不讲道理，更多的时候则令人服气，客观公正，优雅大方……在他身上从来没有一丝一毫的心胸狭窄。难得的创意立刻就能触动他，绝佳的创意、让他困惑不解的想法，他都从不拒绝。

这皆因为他是新教徒吗？让-路易发自内心地尊重少数族群、边缘人物、特立独行者，这让他能视野开阔地去寻找，能够找到，能够听见。因此他会招来马丁·马吉拉或是让-保罗·高缇耶（Jean-Paul Gaultier）……而他的女儿桑德琳，在他真正倾听的人里面真的是排在前列吗？

今夜，他将离去，上千位合作伙伴为他举行庆祝活动。庞丹人满为患。天空中，舞者翩翩起舞。皮革工匠们则为他列成致敬队列，用他们的工具把鼓敲得咚咚响。

所有的人都唱着歌，声音由于激动而颤抖着，因为让-路易要走了，这回是真的，板上钉钉了。

但每个人都决心把这游戏在未来接着玩下去，不去死盯着过去，而是投身未来。大家唱着歌，让-路易用脚打着节拍……"今晚，我的帕金森症至少还派上了点儿用场。"他悄悄在我耳边说，总是禁不住去强调第三拍。雷鸣般的掌声响起来，以掩盖忧伤，这样更好。我投入其中，把我的声音往高了提，就好像要飞到那云层上去，来躲避可以预见的情感旋流。

泪水从工人们、管理者们以及所有人的脸上流下。真难过。而他看起来很幸福。这位奢侈品业大草原上的骑士，他在想什么呢？一位品牌掌门人就这样走了。

是这世界上的最后一位吗？

6

神　秘

1996 年，我刚到爱马仕的时候，先是在一所工坊待了一星期，学习缝制。

我可受了罪了，腰酸背痛的。

鞍具、皮具制作的手艺学起来可不容易。

爱马仕是个世外桃源，在这里手的律法具有至高无上的地位。人们在此学到的：人手是神圣的。世上的任何机器、任何电子设备，永远都不可能在此处替代它一个针脚的动作、一个姿势的技能。

是手把爱马仕造就成一个奢侈品的品牌！但是否会是最后一家呢？

一切均靠口传心授，没有文字记载；一切均靠眼睛来学习，"伟大的传承"通过目光来代代相续。

一代又一代，眼睛跟眼睛说话，手跟手交谈。面对着动物的皮革，欣赏、思索的缄默，要远优于匆忙、解说的语言。

没什么可说的。在"皮革储藏室"中，除了看着别人进行挑选，比较，掂量，相中了或是没相中，别无其他。

每个手袋都是一个人的作品，如果说缝纫也要时常借助机器的话，那是为了品质的完善。

每个皮包都由制作者签上名字。

每个马鞍，爱马仕每年制造约四百套，都由其鞍具制作师签上名字。

制作一套鞍具要三十到四十小时，一个"凯莉"（Kelly）包[1]要十五小时，一个"柏金"（Birkin）包[2]要十八小时。

我花了很长时间才真正理解爱马仕所谓的品质。

在这里，没有品质负责人，不存在这么一个岗位！

品质在所有阶段都存在。从工匠到销售员，每个人都承载着这样的理念：他所完成的就是品质的一部分。品质铭刻在时间之中，从而让物品能以一种超越我们自身的完美比其主人存在得更久。品质本身可以看到，可以摸到，却不自我辩解。爱马仕证明了，其品质既是"设计者"的，也是"制作者"的。

品质与美携手同行，乃是上天恩赐的旅途伙伴；而美，则是生命的死党，感受与愉悦的供给源泉。造型完美的服装或手袋对于那些自我怀疑的人来说，难道不正是一剂良药？

品质在爱马仕始终存在，好像高悬头顶的一柄达摩克利斯之剑，同时也是一种奖赏。客户、销售员以及工人的脸色代表着物品质量的等级。质量与尊严毗邻相近，是一种骄傲和自豪让人愿意把活儿

---

1 "凯莉"包：以原美国好莱坞女演员、后成为摩纳哥王妃的格蕾斯·凯莉（Grace Kelly）命名的一款爱马仕手袋。

2 "柏金"包：以英裔法国著名流行歌手简·柏金（Jane Birkin）命名的一款爱马仕手袋。她有一次坐飞机向爱马仕第五任总裁让–路易·仲马抱怨现在都找不到做工精良又实用的大手袋，于是仲马就为她专门设计了一款手袋，并以她的名字命名。

做好、做漂亮。终究,与质量相关联的是慷慨。在质量上不能"吝啬"。对完美的寻求会增加成本、时间,以及由此带来的压力。质量是一道屏障,没人敢于去逾越它而不担着被抛弃的风险。这可能显得有点天真,但爱马仕的品质在整个公司的血管里流淌,没有人除外,也没有人需要为此负责。

南 非

我到了离约翰内斯堡五百公里的一家鸵鸟皮供应商那里，真正的乡村。

"来看看爱马仕的质量。"鞣革厂老板对我说。我们去拜访一位为爱马仕供货的农场主。

我在那里看到了一些蛋，非常小，这些"爱马仕蛋"都被分开放着，每个蛋用一块小木隔板与其他的隔开。总共有几百个。

另一个房间里：蛋长大了。

在旁边的房间里，鸵鸟宝宝出生了。当其他雏鸟开始相互打斗，用它们的小喙去啄咬的时候，这些爱马仕雏鸟却被分开。

每只爱马仕雏鸟都得到精心呵护，能够辨认识别。

再以后，鸵鸟们长大了。在那里，爱马仕鸵鸟都是自己单独生活，彼此隔离，受到保护。

最终，再长一阵，鸵鸟这种不讨人喜欢的、傻傻的动物已然是庞然大物。当所有的兽类都在一起自由奔跑时，爱马仕鸵鸟却被分开，各跑各的，使它们既不能互相打斗，也不会撞上任何一个障碍物。它们的皮肤是完美无缺的，没有一点点划痕。

"您看见了吧？您明白了吧？您能掂量出费的这个劲了

吧？"……

我是真明白了！

在我面前，就是有关爱马仕质量的解说！

爱马仕是一种神秘，人们想要看透是很难的。人们什么也看不到，什么也了解不到。一定要投入大量时间和大量关注才可能理解。要去到农场主那里、供货商那里，一边谈一边看才能了解。

一切的基础，在于天性。在此之上传承着"把活做好"的传统，尤其是大胆的品味和对完美的追求。是天性与想象的结合共同构成了品牌最基本的一对元素。

与天性相关的，是孩子。

因此在爱马仕，孩子是国王，因为要保持一种天真、一种游戏感、一种对乔装打扮和恶作剧的爱。它们可用来摧毁有威胁的理性态度。纯粹的天性！

但愿爱马仕在惊讶和率真方面能永远保有孩子的位置，而不要像那些被教育、训导以及时代所塑造的成年人那样理性思考！

让-路易·仲马的办公室就是个孩子的地方，有时他还是个被溺爱的孩子，舍不得放弃任何一张照片、一件纪念品、一个在爱马仕的生活片段、一件崇拜物或标志物、一粒白色石子，它们能唤起一段历程、一个幸福瞬间、一种强烈的快乐、一种声音、一段音乐、一种触觉、一种气味、一次庆典、一次惩罚、一件玩具、一次失败或者一次巨大的成功。

在这里可以看到简·柏金，或格蕾斯·凯莉、蕾拉和维罗尼克，同时也有弗雷迪·德斯科洛和艾琳阿姨的照片；有里昂的工人们一起坐在玛德琳娜教堂前的照片；可以看到世界各地的新店开幕式：麦迪逊的，银座的，里尔的，还有各种陌生人的来信，甚至染上色的各种面料、各种靠垫、各种小家具以及各种地毯。

这里是阿里巴巴的山洞，爱马仕把杂乱无章变成开启成功的钥匙。

爱马仕是避难所，这是它存在的定义。

天性之后，上场的是无序……

爱马仕成了自相矛盾的统一体：有序毗邻彻底的无序，理性紧挨着非理性。这个品牌好像钻石一般，有着无数侧面，各放异彩或者同放光芒。

某个晚上，法布—圣奥诺雷大街的商店被改造成了麦田。夜里，所有东西全部搬走。第二天一清早，一切又都复原如初。

顾客什么也没察觉，这就是一场魔术！

爱马仕所有高级职员都跑到纽约，去庆祝 2000 年麦迪逊大道新店开业。四百人在 10 月 30 日到达，11 月 1 日晚上便离开。在纽约订了四百间房，而实际只使用了一百五十间房……对庆典的无度贪恋胜过了明显的疲倦劳累。即便如此，第二天早上 8 点钟，也无一人缺席在麦迪逊大道新店召开的工作会议！

让—路易·仲马和几位合作伙伴扮成熊、歌手、潜水员出现在惊呆了的高级职员和其他员工面前……肾上腺素飙升，血液循环加快。大家都傻了，我们被认了出来！

和帕斯卡莱·米萨尔（Pascale Mussard）[1]一起，在佛陀酒吧，我们唱起一支罗伦佛西（Laurent Voulzy）[2]的歌，扮成摇滚歌星的样子。那是在音乐之年！

我们与十位爱马仕骑士一起，在俄罗斯乘马出发，驰骋在严寒之中、在结冰的湖上、在大雪纷飞中，共同分享一次历险，融入大自然里，品咂着共度时光的欢乐。

另一些人去爬马丘比丘，去参观清洁派[3]城堡、巴西利亚，或是多贡地区[4]。

另一些人去到海上，手扶舵轮，学习驾船，或是登上马特洪峰[5]之巅。这些都是"有想象力的探险家"。而只有这家公司能为每个人提供条件，让他去发挥想象，去实现自己的梦！

在爱马仕，有一种对意料之外和没边没沿的过度钟爱，反映了一种慷慨和分享的文化。这在别处是无法想象的。

轻度的疯狂与令人放心的理性相互结合得很好！

---

1 帕斯卡莱·米萨尔：爱马仕全球艺术总监。
2 罗伦佛西：法国歌手。
3 清洁派：中世纪法国等地的一种异端教派。
4 多贡地区：西非马里中部高原尼日河河湾处的一处聚落，那里的人以耕种和游牧为生。他们没有文字，只凭口授来传述知识。
5 马特洪峰：位于瑞士，阿尔卑斯群峰中著名的一座。

庞 丹

庞丹是个令人惊讶的地方。在塞纳·圣·丹尼的这个地方，有几百位工匠处理皮革，其他人设计成衣、珠宝首饰、鞋履、手套、帽子，处理电子邮件或财务、裁剪皮子、完成最疯狂的订单。这是制作之城，沐浴在光明中，通体透明。这是爱马仕的另一个心脏。如果不了解庞丹，就没法懂得爱马仕。电梯伸向空中，人人互相交错，停于某层，离开，再回来。

这是相遇、交流的场所。

庞丹不认可凝固不动，或是一成不变。

庞丹活动着，活跃着，永久变化着，象征着希望、成就，以及成功的混合。大楼的建筑形式完美地融入了一种社交活跃、对美和优雅十分敏感的环境。

我喜欢这大厦矗立在那里，植根于此地，在这困难的城中。在庞丹我感觉良好，在这里爱马仕给每个人机会。

每年两次，庞丹接待全世界的购买者，成为会集了制作者和购买者，呈现其各种色彩、各种民族、各种宗教以及各种语言的多样性都会。人们仿佛置身于一个不存在边界、人人互相尊重的陌生星球。庞丹成了爱马仕的土地，对话、宽容的土地，但并非一切完美！购买者可能是盲目的，制作者也可能令人失望。自称奇迹的东西有时会遭抛弃，创意也许会被忽视。一些人走了，离开爱马仕，另一些不同的人又来了。

移植是困难的。有一种图腾的精神，有时"教派的"一面与扬言要理解世界的意愿相矛盾。高级的恶作剧并不总能令人发笑，高级的学校也没真正帮大家准备好生活在模糊、矛盾之中。对自相矛盾的悖论的癖好放倒了不止一个悖论，而不明确的组织机构图则令人担忧。爱马仕处于运动、变化、不确定性之中，到处是令人困惑、迟滞速度的决策岔口。这是将创造摆在前面最显著位置的必然结果。

与天性、无序、对庆典的嗜好在一起的，还有胆量。

让－路易·仲马将这样一家小生意转变成一家大企业是够有胆量的，而要保持航向、不向奢侈界的塞壬女妖屈服，则永远要有更多的胆量。也可能是出于直觉，人们知道突然转向意味着一个美好故事的结束！但在今天这样的世界，怎样才能有胆量继续选择最美丽的皮革、最出色的材料、最有才华的工匠，以及最昂贵的地段？怎样才能有胆量留在真正的奢侈品行业中？要有继续追求，不断震撼，永远创新，保留说话、创造的自由的胆量；要有召唤那些有名的或无名的、另类的或不同的创意者的胆量；要有给他们时间来获得成功的胆量，因为让人信服需要时间；要有只卖我们真正喜爱的，而不必非是取悦别人的，或是能够带来利润的产品的胆量……

销售员要有胆量去讲解能证明其身价的产品故事。

要有胆量仍然相信工匠的手……

在似乎无人期待其到来的华尔街树起品牌，在无人敢想象能建起一家如此漂亮的皮具厂的地方进行投资，或是招聘那些未经训练的工人，以自己的判断和谨慎赌上一把去培训他们，接纳他们，与他们一起成功，并让他们融入社会，如此有胆量的人是如何想的呢？

真正的勇气就在这里，在与习惯和已被接受的观点唱反调的决定中，以此表明对我们所安排、所培养的那些男男女女们的信心。爱马仕为其提供了稳定。"最终是为了让他们能为自己做好规划。"他们自己就是这样说的。

归根到底，勇气不正在于这种有点疯狂的追求中，在必要的财务表现和把创造摆在首位二者之间愿意保持一种不断调和的平衡与统一中吗？

爱马仕模式是不切实际，还是太超前了？

愿意不惜一切代价以一种不抄袭任何人的节奏或方式成长而同时又禁得起与别人直接比较，这是勇敢还是太理想化？爱马仕不正在日益远离那个已被平庸化、被模仿、在各个方向上被扭曲，不再怀有远大抱负的奢侈品界吗？

爱马仕在回归自己的根脉，从其历史和过去中汲取营养以表达其现代性，并保持其模式。"脚踏实地，但也要打开窗户，仰望天空。这才是走得远的最好方式。"让-路易·仲马如是说。

在里昂，爱马仕用来自巴西和中国的蚕丝生产方巾。方法是古老的，把橄榄油和普罗旺斯肥皂混合起来，而制版则使用最现代的手段。这种将传统价值与现代高科技结合起来的做法，就是典型的爱马仕风格。

方巾是新款的或老款的，重新着了色，诠释着当年的主题，如非洲、巴黎、道路等等。在世界上的所有地方，这方巾都像神话一般。丝质方巾不断更新，以所有可能的方式——形式、尺寸、质地、佩戴以及呈现上。

在爱马仕，物品是人们送给自己或馈赠他人的礼物，这一观念根深蒂固。物品是朋友，它之所以昂贵是因为它是美丽、恰当的。它承载着它的品牌、它的设计师及销售者们。它是签了名的。

蒙 古

在蒙古，远离乌兰巴托的地方，我到了营地。那里有克里斯托弗和他一家。

我在给客人用的"蒙古包"里安顿下来。

我已筋疲力尽，因为汽车在没有路的旅途中一直开了十个小时。

在营地，我的马正等着我，就在我面前的门口。

我就骑着这些既不懂步子，也不懂小跑的小马驹驰骋。土地很硬，即便克里斯托弗借给我一副英式马鞍，我的脊背还是苦不堪言。

每天，我都在营地附近巡游许多个小时，沿着那些河流，欣赏着枯燥、朴素和纯粹的景色，沐浴在突如其来的强烈而陌生的光线中。我和那些蒙古人在每位朋友的蒙古包前停下，喝一杯烈酒，向空中弹出些许小滴，以此带来幸福。

克里斯托弗在这里至高无上。夏天，他和他的蒙古妻子及两个男孩在这里安下家来，其中一个孩子竟叫"达达尼安"[1]！

---

1 达达尼安：法国文豪大仲马的名著《三个火枪手》中的男主人公，武艺高超，风流潇洒。

　　克里斯托弗是爱马仕的朋友。他为我们提供的羊绒披肩既柔软得难以想象，又厚实到难以置信。他对我解释道："我只购买蒙古这个地区、年龄在 4 到 6 岁之间的山羊。只在这个年龄段，它们的毛才是最棒的。只有这个地方的这种山羊才能产出这样的羊绒。"

　　我懂了。当人们在最美的大自然中，骑在马上，处于魔法与快感之间、精确与轻度疯狂之间，谁都不去算计，"慷慨者克里斯托弗"也不会去算计……

　　爱马仕是他的客户，我们陪伴他，我们帮助他，认可他的才能。

　　和他一起，我们共同分享这种对于神奇之物的热爱，而代价和努力都不甚重要，只要我们还能与克里斯托弗一道发现这样做的快乐，把蒙古的畜牧者拉到我们这边来，把完美的产品带到我们的店里。这样我们就完全能够抵抗平庸的浪潮……我们就能永不让步，即使每个人都认为我们疯了！

　　达达尼安会为他的父亲自豪。他父亲能看到一切，寻觅，再寻觅，然后像巴塔巴斯一样展翅高飞。

建 筑

在爱马仕，建筑是女王。

在东京，伦佐·皮亚诺（Renzo Piano）[1]是那座玻璃幕墙大厦的建筑师。其表皮上近千个闪闪发光的切面带着一种神秘直插云霄。在大楼中央，一个通风采光口挑战着一切表面的逻辑。在首尔，丽娜·仲马（Rena Dumas）[2]构想并建成了一座富丽堂皇、舒适好客而热情奔放的房子。一座"立方体"，让云彩和阳光穿过那丝网印刷的宽阔的金色条纹的玻璃表皮。这座神秘的房子，透明而晦暗，让来访者顿生一种什么都想看的欲望，特别是当他们被带到希尔顿·麦克·柯尼克（Hilton Mac Connico）[3]设计的一座森林里，由皮革包覆的树木映入眼帘，又消失于无限。首尔的房子散发着从容、隐秘、安详之美，以及一种运动的勇气、一种幸福。

没有建筑，就无法识别。

在温哥华，我选择了位于市中心的一处地方，在两条主要大街的交会点上，是人流最为稠密的地段。

1 伦佐·皮亚诺：意大利当代著名建筑设计师，1998年第二十届普利兹克奖得主。
2 丽娜·仲马：法国建筑设计师，让—路易·仲马的妻子。
3 希尔顿·麦克·柯尼克：当代美国著名设计师、艺术家。

此处是个杂货店，在一家中国餐馆上面，把它改建成一家商店是个令人伤脑筋的活儿。而建筑师丽娜·仲马则创造了一个奇迹。

在阿姆斯特丹，选定的空间是长条形的。要把一条长廊改造成一个热情洋溢的地方是蛮难的。而建筑师做到了。

在纽约，这回是一座屋顶高耸入云的三层建筑，丽娜·仲马把它改装成了爱马仕。楼顶上是一个展示空间。一座包覆着皮革的漂亮楼梯将各个楼层与其间的产品融为一体。

楼梯永远是一处特别的所在。我喜欢爱马仕店里的各种楼梯，里尔的，还有巴黎的，伦敦邦德街的，或是东京银座的，法兰克福的或是墨西哥的……我喜欢金色皮革包覆的楼梯扶手带来的触感，或者是白色皮革引起的纯粹疯狂！我好奇地看着它们，这些商店的肺脏，因为再没有比在楼梯上出彩更难的事了……

建筑师是战略的具体实施者。他们传达着公司的政策意愿，以他们的方式诠释着每一类商品的专业目的。正是通过室内建筑设计，产品的陈列位置及其在店中的布局才体现出来。顾客才能在世界上的任何地方一眼就把品牌识别出来，同时又能感到新奇惊讶。

爱马仕为其商店签名的方式，不会让任何人感到不知所措，而所有人又都对其建筑深感惊讶，因为它们唤起了爱马仕的起源和文化，对于常规习惯重新发起挑战，以便走得长远，虽千变万化而不造成毁坏，令人目瞪口呆以起到诱惑的作用。

建筑师与决策者构成了不可分割的双子座。决策者得到倾听。建筑师则负责在建筑设计方案基础上予以实施，就此铭刻于爱马仕之城中，闪闪发光。

星系中所有的星星都有着同样的起源，既有不同，也有共同点，全都承载着既特殊又可识别这一矛盾。唯有时间中的共同作用才会达到一种精纯而成功的表现。就在此处，在充分保留拍板和强制权的同时，对建筑师的突出地位予以认可便成为一件棘手且十分微妙的工作。

品牌的成功很大程度上有赖于其战略家与建筑师之间的这种共生关系，他们并不总使用同样的词语，但却能在一种有助于成长和成功的互补性思维中互相理解。无论是在狭义还是广义上，爱马仕都是一个家族企业，因此要在不同的时代和人身上始终保持这种对话，就将是一种挑战。而商店的规划设计则完全是成败的关键，它们将传达热烈或是冷漠的气氛。最终，穿越其所经历的时间、面对在四周游荡的狼人窥伺的，还是品牌识别形成的身份。

在湍急的旋涡中，爱马仕坚持着自己的道路，相伴的是它所吸附的供货商们。他们的角色至关重要。他们因其反馈的重要而带来新的理念。

在竞争的棋局中，部队以他们的棋子、他们的步伐、他们的风格以及家族精神，演绎着他们的角色。

家 族

家族？它在哪儿？它是谁？

真相说起来很简单，正是家族将爱马仕打造成了弦乐器中的斯特拉迪瓦里（Stradivarius）[1]，因为这把爱马仕小提琴独特、神秘而珍贵。

人人都知道，和谐是脆弱的。而家族所扮演的角色，就是一种精神的保护者。想到这一点令人既感奇怪，又觉好奇：那么多的家族把他们的生意卖掉，后果并不是破产倒闭。拉卡米耶早已离世，而路易·威登却未停下成功的脚步！

但是兰姿在佐比博（Zorbibe）兄弟之后却险些死掉。

没有了布吕农（Brunon）家族，艾迪亚尔（Hediard）[2]会是什么？没有了圣罗兰（Saint Laurent）[3]和皮埃尔·贝尔热（Pierre

---

1　斯特拉迪瓦里：意大利历史悠久的弦乐器品牌，创办人安东尼奥·斯特拉迪瓦里（Antonio Stradivari，1644—1737年）被认为是历史上最伟大的弦乐器制造者之一。

2　艾迪亚尔：1854年，费迪南·艾迪亚尔（Ferdinand Hediard）于巴黎玛德莲广场开设的一家精致食品杂货店，供应国外珍奇蔬果、香料、红茶等，逐渐成为巴黎上流社会人士经常光顾的名店。

3　圣罗兰：1936—2008年，二十世纪最著名的法国时装设计师之一。

Berge）[4] 的 YSL 又是什么？

那么没有高田贤三的 Kenzo 呢？

而对于贝尔·德·纪梵希（Hubert de Givenchy）又要作何感想呢？

爱马仕家族掌握的不只是一家企业，而是一种独特的发展模式。也许自己都不知道，它护佑着每个人免受过度和诱惑之害；它会刹车，懂得等待，修正错误，它所赋予的那种基调和自由，如果爱马仕是一个"正常"的组织的话，是绝对不可能的。

家族以其远见卓识扮演着神殿卫士与规则保护者的角色。有时，他们会忘记是谁把他们造就成金枝玉叶，但所有人都心甘情愿地围绕在爱马仕这位仙女周围。这是他们的摇篮、他们的未来、他们的资本，而首先是他们存在的理由、他们的姓氏、他们的心灵、他们的协约。那么是否像某些人所想的那样，最终钱也无法驱动他们？是否他们的雄心就在于保住这份奇迹般获得的遗产，并更好地传下去？

是否对于他们中的一大部分人来说，真正的理想就是永远保住这个如无价的秘密珍宝一样的梦，要是让其分开就是羞耻和危险的？

人们能感觉到将其凝聚在一种优雅周围的那种深层契约。

爱马仕是他们的脐带、他们的护身符。他们任大家伙儿尽情撒欢，但只是在"牧场"里。因为他们凭直觉就知道什么是好、什么是歹。大伙儿都会回到其签名的魔力下，这与之紧密相连，他们也不例外。这最终会留住他们。

---

4 皮埃尔·贝尔热：时装设计大师圣罗兰的同性情人和商业合作伙伴。

爱马仕是他们的，而他们也属于爱马仕。这种可以感觉到的亲密让他们扮演着护栏的角色，同时也是猛烈攻击者的角色。正是他们的反应和意见不一的率直自然引导出对大家都好的决策。

少数服从多数的原则在此不管用，最终解决问题的是意见的一致统一。

所有人都知道，他们有义务相互倾听，然后取得一致。就好像在爱马仕家族内部，大家心照不宣地同意，唯有一致的立场方有法律的效力。这既是对先辈的尊重，又是对明天的保护。

这一规则被铭刻下来，参与的玩家们必须予以重视。因为原则是铁打的。

未来将会见证，是否新的一代能将属于他们的大印传得更远，并在他们这一轮手里铭刻下一段非凡的历史，从中撰写他们自己的神奇篇章。

7

一对夫妇

他们是一起进来的。他奇怪地走在她前面。他"砰"地一下关门，那门几乎撞到她鼻子上。

她怒不可遏地斥责他："你太没教养了。"他则仰头向上作为回应。

一只狗，一只黑色小卷毛狗，样子傻傻的，被绳牵着，一条灰色的细绳。

刚从理发店出来，小狗和夫人都顶着一头新卷的头发，但一点都算不上迷人。夫人更是穿着一条超短裙。现在正是夏天，天气炎热。而他则穿一条黑色齐膝短裤，脚蹬绿色人字拖鞋。

对我来说，不可能看不到他们。

他们马上奔向手袋柜台。

她指着一只红色鳄鱼皮的"柏金包"。

"那只，我要那只。"她对丈夫说。他看了一会儿，简直不敢相信其价格，脸色变得比手袋的颜色还要红。

他对她耳语了一句，我听到一句"以后再说吧"。

这句套话令她一下就歇斯底里了，她嚷起来："不，我马上就要。"

先生很尴尬，避开了，往男士成衣区溜达。他在衬衫处停下来，摸了摸其中一件衣服，又转回来。

他看到了让他很是窘迫的一幕。

那位女士，也就是他妻子——这我们后来才知道——拿起了包，宣布道："我要了，我丈夫会送给我的。"

他望着那只手袋，正在被包起来。

他回头看向小狗——"该死的母狗！"他骂道。它在楼梯的第一级台阶上忍不住拉了一坨屎，就在销售员面前。销售员傻眼了，极其尴尬。

怎么办？

要是有其他顾客踩在上面呢？

怎么说呢？

如何才能不伤害到这位夫人呢？

丈夫跑过来吼道："我跟你说过把狗留在酒店……"而夫人则反驳道："把你的卡掏出来，让运通热乎热乎……"

"让运通热乎热乎"，这个说法令我忍俊不禁。

我真不想错过这出好戏的任何一小段儿。

丈夫还在顽抗，急着找卫生纸去弥补过失。

"请原谅我们，"他说，"原谅我们，我夫人疯了。"

这句羞辱有点重，这回轮到夫人吼起来："你会为此付出惨重代价的，约翰尼。"

约翰尼，这个名字倒挺适合他。

我早就能断定他叫约翰尼。他们是美国人，两人之间的唇枪舌剑实在是难以转达。她现在已是火冒三丈。为了让她平静下来，他对她说："好吧，你可以拿这只鳄鱼包，但我要买辆敞篷车。"

我很清楚什么是"敞篷车"。我看不出这二者之间有什么联系，但其实，我心里能理解。

夫人带走了装在橙色大盒子里的手袋，先生则获得了敞篷车的承诺，而小狗呢，也减轻了负担，催着他们打道回府。

气急败坏，夹枪带棒，而这对夫妇仍显出几分"可爱"之处且"有点特别"。

"有点特别"，我很愿意这样看！

"可爱"吗？这我可就说不好了！

8

爱马仕工坊，早8点

美……

在这里，是每一天、每一瞬间的主题。在这个只处理特殊订单的定制工坊里，每个人都在通过劳动塑造着美。在此，发号施令的是王子们，工匠则从来不问原因何在。物品是一股冲动，还是一次理性思考，或是一个梦想的反映，谁都不知道。没有人讨论，也没人去驳斥那个期待者的愿望。就像有一座跳板，处于负责制作的工匠和那位身在远方，选择了让一件独一无二、只为他而诞生的产品的陌生人之间。

奢侈品就在那儿，在这工坊里。因为在这里，人们不受理性的限制。这里没有界限、边框、障碍。在形式与材料之间，一切均处于和谐、匀称、圆满之中。

在这座工坊，工人把自己变成了魔术师，诠释着一位遥远的作曲家的音乐。他与这位作曲家可能只有过一面之缘，便着手把其梦想化为现实。

这里是奢侈品业的最后一块领地吗？

工人自问："这位顾客要的是什么，他想的是什么，他希望的是什么？"

在实现作品的工艺流程中，工匠在动手前先反复摸索，然后进入制作环节，找到理想的皮革、颜色，把框架搭起来——一般是木制的，把物品包覆起来，把所有地方剪裁好，然后锲而不舍地把这件艺术品做到完美为止。

他寻找着联系，对分析和综合加以统一，对各种色彩与材料组合加以转化，在亦真亦幻的过程中建构真实。

他不是魔法师，但是提出设想、动手尝试、自得其乐，回过头来，再去尝试，最终定版。在工匠脑海里，隐藏并萦绕着一种搞怪者的目光。"那位，那可真是个疯子"，仿佛他在自言自语。他观察着。他摇着头，在他的工作台旁，环顾左右，和边上的邻居说起话来。

在他们面前，这边放着一张裸女的照片，另一侧则放一条大狗的照片；那边的那位更喜欢看着他的孩子们，而另一侧则是他妻子，或是他的大型敞篷车。

在幻觉的世界中，工匠构建着，而这些照片则将他唤回现实生活。这他知道，他需要提醒自己。他沉浸在一个梦想的空间里，但也生活在这地球的土地上。

皮子已整整齐齐裁成了小块，放在托盘上。准备工作提前做好了。工人束紧袖口，备好底子和衬里，把东西装上去，组合，打磨。然后是缝合，手工缝线，打蜡，折叠处再压边。好棒！切口看不见了。物品成形了，不存在任何抄袭，而是对王子的想象力保持忠实，有点像玻璃制作师傅对画作的诠释。我想到了夏尔·马尔克（Charles Marcq），这位布拉克（Braque）[1]、夏加尔（Chagall）[2]以及拉乌尔·乌贝克（Raoul Ubac）[3]的朋友。在乌贝克为滨海瓦朗日维尔的教堂窗户构思的那些小画前，我听到他说："您喜欢这些蓝色，这些红色吗？您觉得它们是相当红还是非常红？是更偏赭石色，还是更偏橙色一些？"

夏尔·马尔克的制作诠释了乌贝克的创作。美丽的圣瓦莱俪教堂的玻璃窗既是乌贝克的作品，也是马尔克的作品。两位好友在艺术作品中合为一体。无人知道如何将草图的作者与彩绘玻璃窗的实现者分开。我在工坊里观察到的正是这种情况。工匠是实现客户愿望的现场导演。他们一起对话，制作人与订货人，在一种融洽的关系中互相支持，双方在这种交流中共同成长。

奢侈品是梦想的果实，同时也来自手。这世上没有一双不带任何想法的手，而离开手，想法也永远实现不了。这理想的一对就这样相辅相成。

我侧耳，倾听着工具的声响，和工人抚摸皮革时发出的声音。

这里笼罩着一种微妙的泰然，这出自恰当的姿势、精确的动作。

1　布拉克：1882—1963年，法国画家、立体主义代表，与毕加索同为立体主义运动的创始人，且"立体主义"这一名称都是由其作品而来。
2　夏加尔：1887—1985年，白俄罗斯裔法国画家、版画家、设计师，作品依靠内在诗意力量而非绘画逻辑规则，把来自个人经验的意象与形式上的象征和美学因素结合到一起，历经立体主义、超现实主义等现代艺术实验与洗礼，发展出独特个人风格，在现代绘画史上占有重要地位。
3　拉乌尔·乌贝克：1910—1985年，法国画家、版画家、摄影家。

我很不好意思地进入到这个开放并沐浴在光线下的洞穴，生怕打扰他们工作。而他们抬起眼，看看我，低声交换几句话，原先的声音又重新恢复正常。

我俯身探向一位女工匠的肩头，问她在做什么。她向我解释，通过她的话音将她的情绪传递给了我："我们一直在找这种皮子，可颜色老是不对，要是您明白……"我知道。我想象着。估量着。我在工作台中间轻轻走动。我望见所有的行李箱骨架。我看到一个鳄鱼皮大箱子，差不多完成了，还有一个绿色蜥蜴皮雪茄盒。我是在一片诗意盎然、辛勤劳作的土地上。我是在手的殿堂中。我观察那里的人，来历各异、有男有女、各种年龄、白人黑人、诺曼底人或阿尔及利亚人，他们平静、专注、严肃、谦卑，对手头的活儿极有把握。我尊敬他们。他们是原汁原味、地地道道的奢侈品业的灵魂。

9

四女士

圣诞节。

我已拿定主意去"方巾"部做销售,我时不时会这么干一下。

她们是四个人一起来到店里的。其中最年轻的一位,代表其他三人说:

"我们想买一条爱马仕方巾,送给一位要退休的同事。"

四个人把胳膊肘支在柜台上。

我问她们:"你们想好颜色了吗?"

"是的,"第一位说,"她喜欢蓝色。"

"不是,"第二位说,"紫色,一条淡紫的她肯定更喜欢。"

第三位,年龄大一些,确认道:"是的,她会喜欢淡紫色的。"

第四位什么也不说,只是冷眼旁观。

我拿出来一摞蓝色的和一摞淡紫色的。

我把蓝色的打开,向她们一条一条展示。每次我都看看她们,所有四个人。

她们摇着头,小声发出"嗯,嗯,呵,呵,啵,啵……"眼看她们并不满意,我又拿出淡紫色的一摞。

"啊,就是它,就是它。"第二位说。

"太老气了，这种显老，她肯定不喜欢。"第三位说。

第一位从我手里抢过去一条方巾，展示给另三位看。

"这条，这条，是这条。"

"不是，"她们齐声说，"她讨厌非洲……"

真不走运，今年可是非洲年啊……

"可是，"四位中的一位说，"她还去过塞内加尔的地中海俱乐部呢。"

"可你明明知道她在那出过问题，而且她不愿再提起这件事。"

"啊！什么问题？"第二位在柜台边上说。

"一会儿出去再说，但你对弗朗伯瓦兹是很清楚的，你难道不知道？"

我听着，在四个人当中转来转去，举着我那摞方巾从这位到那位，十分迷茫。我不了解"问题"是什么，也不敢问。

我得夺回主动权。

"那么，大家是倾向于蓝色，还是淡紫色呢？"我用一种十分坚定的语气说。

"我不觉得，"最年轻的那个说，"我们试试绿色吧。"

既失望又只能顺从，我说："明白，我们来试试绿色。"就像是给自己打气，我加了一句："我们有很棒的绿色呢。"然后就听到："反正我们有的是时间，就看看绿色的。"

我把蓝色和淡紫色的两摞收起来，把每块方巾都按原来的折印叠好，再一起放到抽屉里……

这时，那四位窃窃私语着："你觉得这销售员懂吗？"

如同挨了一记闷棍，我可不想被人揭穿。

我的不胜任就这么明显？

我振作起来："来吧，看看绿色的。"

我把绿色的一摞拿来，一部分是非洲主题的，另一部分是经典款的。

这次，我要把握住机会，做下这单生意。

我急于结束这事——这都讨论了四十五分钟了！

我把她们淹没在绿色之中。好像赌气似的，我还顺手拿来了一摞红色的、一摞黄色的。

我要让她们同时面对所有颜色，好把她们带出来！

我向她们展示了几十条方巾，她们都不知道怎么办好了。

四个人互相指责，完全达不成一致。她们无法形成最终选择，谁也不听谁的。

在这令我头疼的不和谐音面前，我决定尝试一次突破。

"等一下，我有你们想要的。"

四个人看着我，如释重负。

我走开，从远处的一个抽屉里，取出块橘黄色的方巾。它出人意料，令人惊奇，又很时髦，是巴丽·巴亥（Bali Barret）[1]设计的。

"好，就拿这条吧，如果她不喜欢的话，可以来换……"

这是我最后一口气了。

---

1 巴丽·巴亥：爱马仕女士丝绸系列创意总监。

筋疲力尽的我望着她们。

她们惊住了，缓缓点头，说道："行，就要它了。"

我陪她们先到收款台，再到店门口，满脸是笑。

这回我听到："他到底还是不错哦，这销售员。"

这就是我的回报。

10

销售员玛塔

玛塔大概有 50 岁吧，我不清楚。她的年龄不重要，因为她充满活力。

她打动人的地方是她的举止，她的优雅。她身材高大修长，一头浓密的长发给了她一种柔媚的感觉。她的动作、步调都传递出一种冲劲、一种勃勃生气，一下就吸引住了来访的客人。

玛塔是一位重要的销售员，她知道这一点，她很自豪。

有点小麦色的皮肤，点缀在脸上的一些小雀斑给了她一种略带野性的气质，传达出一种倡导自由的品位。玛塔是一位独立的女性，一看就知道。

这个早上，她身穿一件让-保罗·高缇耶为爱马仕设计的宽大蓝色外袍，让我在她身上发现了一种恰到好处的美，不咄咄逼人，而是平静安详。她的目光，以及她的衣服、她的身材还有她的肤色，都在一起诉说着她的美丽。

玛塔是有自尊的，这一点尽人皆知。

想跟她挑衅，或是羞辱她，那是绝无可能的。因为她对于最难听的话早就做好了准备，对于最尖锐的问题、最出人意料的争论都已习以为常。

玛塔的销售业绩很好，因为她很喜欢销售。

她喜欢这一精细的职业，她喜欢那些产品，她与其他人共同分担一种签名式的责任，她只销售自己了解的东西。

玛塔曾是个普通的销售员，然后是主管，然后是高级主管。她指挥着一支人数众多而各有专长的队伍，驾驭起来很难。一群如此迥异的人，人们无法不感到好奇，她是如何将自己的思路成功贯彻下去的。

然而，玛塔洞察一切。从女顾客一进门，与一位销售员说上话，离得远远的玛塔就开始观察他们的所有举止，包括那做建议的销售员，和那对于贵重物品抚摸一番、掂量一番、查看一番，然后再小心翼翼或是毛手毛脚地放回去的女士。

玛塔将整间商店都笼罩在其机警的注意力之下，就像一部什么都逃不过去的雷达。她总能将自己置于一个最佳位置，不会略过任何正在进行的对话。她会快步走向男士区，因为那里一位顾客已经烦了，急着得到回应，准备拔腿就走了。她发现销售员动作太慢，另一位则正跟同事聊着，对其耳语着她觉得跟工作什么关系都没有的话……他们就像两个中学生一样傻笑着，可这既不是地方，也不是时候……拿来的鞋子尺码不对，玛塔知道，她急忙赶去救火，奉上咖啡一杯，这位安静而耐心的女士已经等得太久了。

玛塔是个仙女。她手持魔法棒,赋予她的店一种音调、一种节奏、一种风格，而一旦没有她的话，这些东西也就不存在了。

她挑选摆放的鲜花，纠正某个错误，换掉某件衬衫，把搁的不是地方的领带放好；她低声发出指令，提出建议，收掉纸张，陪人到门口，跟人说"您好""谢谢"。她就是店里的女主人，同时又是老板、护士、心理专家……一位销售员哭成了泪人儿，因为有顾客对她说："您太穷，买不起这只手袋。"

她对这一残酷评价没有丝毫准备，于是崩溃了。玛塔又是解释，又是宽慰，在处理好这道伤口之后，又重新回到"戏里"。

玛塔，用她自己的话说，是在"指挥一个剧团"，演员们"在剧场里"，为的是"带来欢乐"。每个早上，玛塔把她的忧愁全都留在更衣室：母亲生病瘫痪，父亲患有老年痴呆症，儿子正参加中学毕业考试，女儿没拿到大学文凭……

玛塔一劳永逸地下定决心，要做个造梦人。只要她还在甲板上指挥她的战舰，就要像个威风凛凛的舰长，坚守战斗岗位，而不让任何人分担她的痛苦。

玛塔对她的角色全力以赴：激励她的团队，吸引她的客户，展示她的艺术。

玛塔实际上是个艺术家。她不是通过言语来表达——她话很少，总是静静的——她以她的举止来展现。

玛塔总能显露头角。

玛塔证明着她的存在，而且是在合适的位置。她可以代替团里所有上场的演员，充任所有的岗位，前方的、中间的、后方的。她甚至可以去收款和看门。

玛塔是乐队指挥，深受尊敬，因为她所有的乐器都演奏过，在所有的销售部门都干过，对产品一清二楚，讲起它们的故事来如数家珍。玛塔懂销售，因为她懂得讲述、聆听，并且实话实说。

她并不总是展示，而是在表达。

她从她自己开始创造了她的世界。她保持着她的理性、她的梦想，并以她那藏在专横、急躁性格下的极度温柔，体察着那些难以觉察的东西。

玛塔轻声低语着，而顾客听到的是她那难以听见但又依稀可辨，妙不可言而又令人信服的音乐。

当她说"这羊绒棒极了"，"这条连衣裙很适合您，而且这条比那件要好"，玛塔得到了倾听、理解和尊重。

当她说"这款手袋我们没有，但是可以看看这款，另一款，您试试……"人们相信她，因为她的诚意与她的经验以及她的得体措辞完美地结合在了一起。

玛塔是优雅的，虽然有时在一天接近尾声、即将打烊时，她的脸上也会现出些许疲倦。

每天从早站到晚，她累得筋疲力尽。因此到了夜幕降临，在重新打起精神之前，有时玛塔也会变得虚弱不堪。玛塔也是人，也有她的软肋。她无法容忍背叛和不诚实。当她处罚那些长期在底下偷偷摸摸搞小动作的他或她时，她内心极度痛苦，因而会把自己变成铁面无情且略有粗暴的检察官。

玛塔会反抗，这是她的力量所在。她既不容易理解，也不容易把握。她是自由的，那是一种不可思议的自由，对于不公平和谎言全都受不了。

玛塔不断打磨着她对于精确的感觉。

像钟表一样，她马不停蹄地工作，而并未出现多少失误。当她迟到时，她会把失去的时间补回来。

我注意着她，向她发出各种挑战。她不太能欣赏批评，或是对她或多或少有所质疑的冷嘲热讽。玛塔对她的角色、她的任务和她的作用投入到了极点，"完全把自己交出去了"。

她的团队对此心知肚明，故而轻易不敢跟她唱反调，也许是怕令她失去平衡，或是令她产生动摇。

玛塔的弱点在哪儿？

人们没有试图去了解。

玛塔销售着，微笑着，她获得了成功。

玛塔热爱销售。

玛塔将细节转化为欢乐。

玛塔追求卓越。

玛塔是一种专业和一种意志的象征。

玛塔不自我阐述，不自我解释。

像所有合适的人一样，她是不可替代的。

11

游荡的金钱

尚美兄弟（Chaumet）[1] 最先开始在奢侈品界本来纯洁无瑕的画面上抹黑。对我来说，尚美就是萨沙·吉特里（Sacha Guitry）[2]、弗郎索瓦·莫里亚克（Francois Mauriac）[3]、艾德维格·法耶赫（Edwige Feuillere）[4]，还有我的祖父辈，尤其是我祖母，有这家漂亮牌子的一个漂亮戒指。我在幻觉中摇曳着。

举止傲慢、招人讨厌的雅克（Jacques）和皮埃尔·尚美（Pierre Chaumet）似乎永远都是正确的。所以当出现尚美兄弟卷入空头支票和谎言的事情时，所有人都大吃一惊。更糟的是，旺多姆广场的影响力一向是建立在说话算话上，由于这种不遵守诺言的所谓贵族，其漂亮的羽翼挨了沉重的一击。

---

1 尚美兄弟："尚美"是一家高端珠宝及制表品牌，1780 年由马利—埃田娜·尼朵创立于巴黎，曾为法国王室如玛丽·安托奈特王后等贵族提供珠宝，亦曾为拿破仑与约瑟芬的婚礼制作珠宝。1885 年约瑟夫·尚美与第五代继承者玛丽结婚，控制了该品牌。尚美兄弟，即雅克和皮埃尔·尚美是约瑟夫和玛丽的孙子，于 1958 年被任命为公司负责人。

2 萨沙·吉特里：1885—1957，法国舞台演员、电影演员、导演、剧作家。

3 弗郎索瓦·莫里亚克：1885—1970，法国小说家，1952 年获诺贝尔文学奖，代表作为《黛莱丝·苔斯盖鲁》。

4 艾德维格·法耶赫：1907—1998，法国女演员。

对尚美兄弟向来信任有加的客户们惊得瞠目结舌，然而并没有起诉。的确，与尚美兄弟的那些小协议把他们都搞定了，因而他们都选择了沉默，而非可能会置尚美于死地的揭露。

这就是旺多姆广场的沉默法则。

而就尚美兄弟的情形而言，害虫早已深入果实。金钱已经打碎了平静的奢侈品界的魅力。

奢侈品界被动摇了。

我成了见证人。

亨利·拉卡米耶决心要"在生活中成功"并挣到大钱，终于，在 65 岁时与他的朋友安德烈·萨果（Andre Sacau）一道，把他妻子家的老品牌重新推出。

萨果是内行人，但承受力不大。拉卡米耶则完全是外行——他此前的全部职业生涯都在钢铁业——但他学得很快。他精力极其充沛，一入行就明白了路易·威登是一个可以挖出金子来的家族金矿。1977 年，路易·威登只有两家店铺；而到了 1986 年，则已是七十家！

然而他还是需要找到从路易·威登尚沉睡于摇篮中的阿涅尔城（Asnieres），到勉强养育了家族的马尔克（Marceau）大街的出口，最终才找到通向财富的高速公路，尤其是在亚洲。

而这位天才找到了！把路易·威登这一籍籍无名的牌子做成了全球性的著名奢侈品牌！

他向我清晰透露了两样取胜的利器："控制所有的发货，精通所有的制作。"而且，他还跟我说："我拥有一家优秀的广告公司，我还有个很能干的女婿。"

拉卡米耶和萨果以巨人的脚步前进着，凭借优秀的合作伙伴把触角伸入亚洲，取得了令人眼花缭乱的成功。1986 年，又是漂亮的一招！拉卡米耶又把凯歌皇牌（Veuve Cliquot）收入囊中，而更主要的，是纪梵希香水。

但是魔鬼醒过来了。我可认识这个魔鬼。

拉卡米耶在金钱的跑道上一路狂奔，但并未清楚地看到，当他令其家族不断富裕之际，他终将迷失。

本已和安宁的奢侈品业结了亲的拉卡米耶，现在却成了一个好战的奢侈品业的帮派老大。

拉卡米耶本是个商人，现在却成了金融家。路易·威登"有型有款"的奢侈品成了来势汹汹的拉卡米耶的核武器。在美丽的材料背后，拉卡米耶发现了属于权力以及荣耀的奢侈品。

籍籍无名的拉卡米耶成了社交家、文艺事业赞助人、媒体的明星。

他风度翩翩、举止优雅，但却身怀利器。令人惊讶的是，路易·威登家的人一夜之间就变身为一个亦真亦幻的传奇故事的角色，而且是再也回不来了。拉卡米耶，都那个岁数了，实际上是投入了一场无情且完全不理智的战斗。

激烈搏斗的对手是阿兰·谢瓦利尔（Alain Chevallier），酩悦—轩尼诗的老板，他曾对其大献殷勤，并与其"合并"。他徒劳地找到贝尔纳·阿诺这位北方的小企业家，将其发展为他的新盟友，而几年之后，不想反被其囫囵吞并。

拉卡米耶完全搞错了。阿兰·谢瓦利尔不值得他如此恼怒；同样，贝尔纳·阿诺也不值得他如此友好。

不管他是怎么想的，拉卡米耶还是让阿诺发了大财。他以金钱和权力令奢侈品界目瞪口呆。而奢侈品界则剩下自尊自傲和残酷的现实。他忘记了他的年龄，低估了他的力量，萨果的力量，而此人已对噩梦般的奢侈品界毫无抵抗之力，并颓然倒下了。

路易·威登这家旅行箱制造品牌本可独立成长，不需任何外人插手。

路易·威登作为一家旅行箱制造品牌，为了扩张，而非成长，去与那些香槟厂家联手，这真是匪夷所思。在衰退时去找酩悦—轩尼诗更是一个极其糟糕的主意。路易·威登—凯歌皇牌集团本身就足够了。富裕了！

金钱蒙蔽了拉卡米耶的眼睛，让他相信，路易·威登的行业与酩悦—轩尼诗的行业这种"复合能量"，是成功的一项条件，而事实上，路易·威登要成功不需要任何人。

如果路易·威登一直保持淡定的话，它会成为今天最棒的家族生意，富有、幸福，分店遍布世界各地。

在金钱这位国王面前，拉卡米耶错误地屈服了。他自以为是自己吞并别人，实际上却叫对方把他吞噬了。

多元化之病传到了他身上，就如这病也蔓延到了其他地方一样。在奢侈品业这是一种致命的疾病！而正是伴随他的疯狂而来的金钱和荣耀的病毒，将他带到一场败局已定的权力斗争的巅峰。

贝尔纳·阿诺一直竖着耳朵，被当作援兵招来，真是奇迹！

外表冰冷的阿诺很少有所表示，手势也很少。他的目光奇怪地凝固不动，但他其实是在用他那能穿墙透壁的蓝眼睛观察着一切。可以感觉到他能在射出一支箭的同时，又自我保护着。他行走相当缓慢，我从没见过他奔跑，似乎他是在强迫自己节奏精确。表面上，他一点都不讨人喜欢。他确实不想取悦谁，也无意真正解释自己。

他强硬而理智的程度可能令人有些怕他。同时，像捕猎者一样，他窥伺着所有新鲜的想法、所有令人拍案叫绝的评论。而且因为他什么都能看到，他也对什么都感到新奇。

他以一种惊人的速度，比较着他看到的和他做到的，并自问："为什么是他？为什么是他们？为什么不是我们？"好像他这么说道……总是被一大帮老面孔的合作者包围着，他望着其他人，掂量来掂量去，等待着，把栅栏定得再高些，然后提出批评。

他永远警惕着，总是不满足。他一砖一瓦地为自己建造着大厦。巧妙掩饰在禁欲主义身后的，是他狼一般的饥饿。在生意上，他吞下的量要远远大于他能消化的，尤其是品质罕见的东西，他连一块骨头都从不松口。出于一种不顾现实的顽强，他牢牢锁定他的目标，以便永不失去。他的幸福被隐蔽起来，快乐的表情极其罕见。然而，有时他会不安，再三自我审视。这样，便令别人察觉到他作为普通人的一丝脆弱。疾病、死亡、音乐、艺术，总之，生命中那些本质的东西，让他有深刻的触动。

此时，他说话慢条斯理，变成一个感性的人。这是另一个人，一个陌生的、认不出来的人。他的一位真正的朋友，米歇尔·勒菲布维（Michel Lefebvre）——现已故去，有一天对我描述了贝尔纳·阿诺，令我得以从另一种角度看他，好像他是从另外一个星球来的。此人奇怪地隐藏起来的面目，为他的巨大成功做出了解答。所有描述他的文字都是不完整的。

他的胃口是越吃越大。这位菲利奈尔（Ferinel）公司的仁兄并没指望能达到这种程度。阿诺说得少，但懂得看。他的贪食隐藏在小心谨慎中，无形而突然。

当然，盲目的状态帮了他大忙。拉扎德（Lazard）[5] 为他提供了很多咨询，其他几个人则打了很多电话，以便全面了解，像工业发展局，也就是 IDI 的那些游吟诗人，为他漂亮地铺好了道路，使他得以通过其控股公司特吕弗（Truffaut）拿下高田贤三和弗雷德（Fred）[6]。

他自问在这个星球上该如何做奢侈品这一行。而他在布萨克一案上运作得极好，将其旗下的核心资产，特别是拉皮迪斯（Ted Lapidus）[7]、柔肤（Peau Douce）[8]、康福浪漫（Conforama）[9] 转手卖掉，只将克利斯汀·迪奥的高级定制与波马舍（Bon Marche）[10] 这两个金疙瘩保留下来。阿诺是个淘金者，并且他得手了。

阿诺玩着自己的游戏，立刻便懂得老拉卡米耶将被越落越远，晚上应酬太多，对金钱也不如他热爱。

5 拉扎德：世界著名投资银行。
6 弗雷德：创立于 1936 年，以珠宝首饰为主的法国时尚品牌。
7 拉皮迪斯：法国著名时尚品牌。
8 柔肤：法国护肤品品牌。
9 康福浪漫：法国家具零售商。
10 波马舍：法国历史上第一家大型百货公司，走廉价路线。

阿诺有的是自己的时间。渐渐地，他以其神机妙算，利用当时的法律以及新的"门道"，比如"obsa"[11]之类的，将他无与伦比的金融天才尽情洒向路易·威登、轩尼诗、酩悦以及其他品牌，实现了路易·威登—酩悦·轩尼诗集团这一梦想。

阿诺就这样驾轻就熟地夺取了娇兰——他早已掌握了路易·威登内部的那份凯歌皇牌！一张大额支票令整个家族彻底接受，没有丝毫抵制，顺利得令人困惑。

阿诺还不忘去嗅一嗅属于酩悦·轩尼诗集团的迪奥香水！

然后就是所有其他品牌，将路易·威登—酩悦·轩尼诗集团组成一个无价的整体，而阿诺也成了一个富可敌国的人。

阿诺在法国奢侈品业的矿井里挖掘着，此矿脉极其庞大。

我无法忘记法国精品行业联合会一位已经故去的杰出会员的评论："这位阿诺，他是谁？他从哪儿来的？他出身于哪个阶层？他以为他是谁？他的钱是哪儿来的？这么多钱都是谁借给他的？不管怎么说，他得到了路易·威登，酩悦是自己交出去的，但娇兰他永远都别想。"

与他遥相呼应，皮诺（Pinault）[12]也有同样的居心，并将古驰、圣罗兰还有其他几个品牌收入囊中。在这场自相残杀的癫狂战斗中，那暴力是如此残酷，以至于人们都无法相信他们所听到的一切！

11　obsa：一种金融手段，以股票认购权证发行债券进行融资。
12　皮诺：皮诺家族是世界第三大奢侈品集团PPR集团（已更名Kering，中文"开云"）的掌控者。1963年，法国人弗朗索瓦·皮诺创立了以其家族命名的皮诺集团公司，最早从事木材和建材销售，后发展成零售业巨头并成功上市，1998年后陆续收购了古驰、圣罗兰、宝缇嘉、巴黎世家等奢侈品牌。

奢侈品业使最极端的手段成为正当。在奢侈品业不加提防的世界里，看来一切都是允许的，包括那些最下作的手段。

国王般的金钱，疯子般的金钱，就隐藏在那满是漂亮玩意和令人欣慰的甜蜜的橱窗后面。

幸好，并非一切都是玫瑰，虽然有些品牌挣到了很多钱，如路易·威登、迪奥或古驰，而其他品牌活得堪称很不错，如香奈儿、爱马仕或卡地亚，然而却有一些痼疾潜伏在强健的身体里。巴黎春天集团和路易·威登—酩悦·轩尼诗集团都有其伤员。其中的克利斯汀·拉克鲁瓦就因已成"绝症"的永久形象而被其主治医生放弃了。

而拉克鲁瓦并非孤案。思琳、罗意威（Loewe）、昆庭、纪梵希、唐娜·凯伦（Donna Karan）、璞琪（Emilio Pucci）的日子之可怜是众所周知的，有些像伊夫·圣罗兰那样，经受了很多痛苦后发展得还不错，或者就像荷兰荷兰（Holland and Holland）[13] 那样（据说）越搞越差……

在奢侈品业，一分钱也没挣到的品牌，有很长很长的名单。

而那些挣到钱的，他们挣得那么多以至于把市场的导向都搞乱了。

时至今日，企业家的奢侈品业已经没什么空间了，大行其道的是金融家的奢侈品业法则。

而这正是一个核心的问题！

13　荷兰荷兰（Holland and Holland）：1835 年起源于伦敦的奢侈猎枪品牌。

　　因为在金融业的严格要求与奢侈品业的规矩之间，可能存在着矛盾。除非奢侈品业与金融业能达成一致，这样一方与另一方才会和谐共存，尊重一方的标准与另一方的需要。在那些以创意为主导与另一些以利润为主导的品牌间，存在的藩篱与日俱增。大家也可以问问自己，说到底，这两种方式能否为奢侈品业开辟新的局面。

　　在金钱和增长额就是一切的推动下，某些品牌只能不惜一切代价去寻找他们欠缺的销售额，并且随时做好准备。

　　而另一些品牌，它们成功的标准与财务上的成功关系不大，始终坚持传达自己对标准和质量无比苛求的形象，与对销售额不惜一切代价的追求水火不容。

　　这两个世界的人截然不同，且不能互相理解。在这两种奢侈品业、其主要角色以及其客户之间的裂隙，正日益扩大！

　　在"永远追求更多"的奢侈品业与自甘平和的家族奢侈品业之间，出现了一种离奇的错位。但这一界限遭到了媒体、金融市场以及对红利的增长迫不及待的股东们的猛烈攻击。经理们亦然，他们的报酬依赖于其部门，或是他们暂时负责的团队的业绩。

　　奢侈品业不应该支持金钱主导到这种地步。当这些公司无耻地成为生产奢侈品的机器时，它们就失去了自己灵魂的一部分，也不再有力量去坚持那代价昂贵的细节，去购买最美的皮子，给工人很好的报酬，和堪称楷模的质量。

　　自相矛盾的是，只有在放下金融考量的同时，品牌们才会创造出漂亮的作品。或许只有超越了无法改变的金钱逻辑，奢侈品业才能开花结果，并最终盈利。

真正的奢侈品业有一种道德循环，与国王般的金钱貌合神离，它愿意自我怀疑，以免沦为囚犯。

奢侈品业一旦成了金钱的人质，也就失去了自己的贵族头衔，加入了另一个群体，这里所说的是搞市场营销的奢侈品业，正自方兴未艾。

就这样，我甚至觉得爱马仕已不再在奢侈品业当中，而是在另一片土地上，其名尚不知晓，而顾客们却知道。爱马仕与其说是一个奢侈品牌，不如说是一个家族企业，一家有关美丽的小企业，一座想象力的殿堂，一片创造力的避风港。简言之，爱马仕位于情感的中心，近于非真实。

然而金钱的障碍还是经常存在，因为产品昂贵。艺术家说了算，就像走钢丝的杂技演员，而经理人则跟随着这一"轻度发疯"的队伍。只有那些打心眼儿里认可这种做法的人才会非常明白，他们是某个团体的一员，他们挥舞的不是金钱的旗帜，而是创意的旗帜。

这并不妨碍任何人贪图报酬，也不妨碍任何企业去努力证明其高超的财技。

然而机器的转速并没有太快，有不少人做梦都想掐住这位法布街的美丽姑娘的脖子，好让她赶快把美味的毒液痛痛快快吐出来。金钱，正在奢侈品牌的周围游荡。

只要几个重大决定，爱马仕这艘战舰就会驶入一条不同的航道，特许授权店到处都是，不大讲究的品牌广告铺天盖地，不那么苛求品质的产品轻松地卖着，因为它们都是在这里或那里制造出来，有非常庞大的系列，全都不假思索地使用着品牌的名字缩写，或是生成另一个没那么耀眼的品牌，作为前者的子品牌……

但这是要去哪里？

这是要为后来者留下哪一类遗产？有些人意图保持爱马仕的本质、它的独特性、它极为特殊的伦理学，为的是不让后世失望，品牌的整体性可以如此得到保护和传承……

然而，如果目标不是在赛跑中一马当先，而是在铺着沙子的小道上，以一匹马从容不迫的节奏做一个孤独骑士，那又会怎样呢？

然而，如果金钱能帮我们一个大忙，让我们能拒绝它的法则，转而去施行我们自己的呢？

在迫使我们反思自己的命运，定义未来成功标准的同时，国王般的金钱又把我们放在了一个奇特的位置，去保卫一个将被颠倒的世界，此世界老实说遭到了某些观察家们的指责，他们是把财务表现置于机制核心的。

爱马仕则能自行其道，拐一个大弯，凭着一种祖传的看待未来的视野，将整个"家族"引入一个新的时代，这个时代注重长远发展，避开当前的嘲讽，以期有利于创意行为的轻盈和幸福。

但这需要巨大的勇气，并且要懂得逆水行舟。

小规模的爱马仕，今天比路易·威登—酩悦·轩尼诗集团要小十到十二倍，但仍是奢侈品界最亮丽的风景。

人们可以理解，那些巨人们盯着爱马仕，向它的摇篮俯下身去，垂涎欲滴，盘算着有一天能把这"唐僧肉"一口吞下去。

　　金钱在不怀好意地转来转去，但食人妖们应该会等很久，比它们能想象的还要久，才有可能吞下这一猎物。

　　仙女可没那么容易被收买。

12

直到天边？

奢侈品业的天边在哪里呢？奢侈品业是否是个永恒的市场，漫无边际？

全世界奢侈品业的角色们看来是越来越强大了。

他们长大了？他们强壮了？他们膨胀了？他们形成托拉斯啦。身披四个字母外衣的路易·威登—酩悦·轩尼诗集团（LVMH），和披着另外三个字母（PPR）的皮诺（Pinault）集团均携强大的资金优势攻城略地。奢侈品业的角斗士们手持长剑，他们是成功的象征，权力的操纵者。人们知道 LVMH 属于列入利润"排行榜"最靠前的法国公司之一吗？人们了解奢侈品大集团在证券市场上的资金运作吗？LVMH 通过证券市场融资超过两百亿（欧元），爱马仕差不多也有一百亿（欧元），香奈儿当然也是这个重量级的。

而古驰、范思哲、宝格丽、阿玛尼，还有那些什么菲拉格慕（Ferragamo）、华伦天奴（Vatentino）、费雷（Ferre）、切瑞蒂（Cerruti）、普拉达（Prada）又都如何呢？古驰或是阿玛尼的年营业额可都远远超过了十亿欧元。

贝尔纳·阿诺是全法国最富有的人。

当然，那些公布出来的个人财富数字并不能说明一切。实际上，这都是些证券化的资产。任何股东都无法将如此大市值、如此巨额数量的股票一下子卖掉。而他们中的很多人都借助于虚有权的销售和用益权的保留将其资产分割。然而，如此这般的价值反映的依然只是一笔理论上的巨额财富。而当形势发生逆转，当股市下跌造成亿万市值蒸发之际，那是谁也躲不过去的。

这些价值都是在最近三五年暴涨的一种无穷富有中显现出来的财富，而明天可能还将达到新的巅峰！

对于这些品牌的未来、它们的无限潜力以及它们为股东创造的财富应该如何看待？如何解释奢侈品业似乎已成为一个"传奇中的黄金国"，表面看起来似乎不存在边界？

同时，也许从未有人能同样清晰地看到，在这个世界上某些人的失败和另一些人令人震惊的成功。似乎奢侈品业已然分化得泾渭分明：一些人搭上了成功的快车，另一些人则还在站台上彷徨；一些人坐上了火箭一飞冲天，另一些人则坐着滑梯一落千丈。

奢侈品业就这样成了我们时代的风向标。这既有较好的一面，也有较危险的一面。奢侈品业的列车本已上了正轨，平稳地驶向成功。1990年，一场大风刮了起来。那是一场骇人的风，一场暴风雨。有人失去了一切，有人卖掉了一切。而在焦虑者、受伤者甚至死亡者中间，一些大树浮现出来，巨型的"猴面包树"们公布了他们的业绩，再也没人笑得出来了。尸横遍野的情形开始了，名门望族让位给了新面孔们，他们曾用恶作剧式的微笑嘲弄过这些人，从此却只有强颜欢笑。在这个世界上，新人曾是不受欢迎的，而不受欢迎的人懂得了驱逐那些出身高贵的人，而出身高贵的人则要么急流勇退，闭门谢客，要么干脆被彻底推翻。有时，响亮的唉声叹气似乎宣告了篡权者的末日。然而这只是假象。这种哀叹其实饱含苦涩，因为在前一拨人手里一直沉睡的东西，将在后来者手里变成真金白银。

正值好状态和好时机的当口，他们卖了。他们将自己的一小块拿出来出让，并没理解清楚，他们出让的其实是自己灵魂的好大一块。他们不得不卖，满怀伤感，因为必须保证生意的长期延续。

他们卖了，因为他们已没有选择。太晚了。他们已经忘记，家族契约是一切的钥匙，趁风刮得还不是太猛时，应该把家族的黏合剂抹上去，就像一所大宅上的火漆封印。他们忘记了，金钱有可能变得无法抵御，任何堤坝都扛不住一项诱人提案的反复冲击……他们忘记了他们的堂兄弟们，还有其他亲戚们，他们都已不在公司里工作，而只为买不起自己心仪的住房着急上火；而父辈们则在城里的晚宴上闹着，得意扬扬地抛出语惊四座的表态。感到被骗了、受辱了的那些人，他们要报复，于是管他碰上什么人就赶紧卖，干脆而彻底。

其他人都很明白。他们打开钱袋，及时地重新收回一切……钱就像回旋镖一样又回来了，提醒着他们，光是创造是不够的……

像镜子一样，奢侈品业的金钱反射出一个螺旋状的世界。在这里，历史与过去均选择了遗忘。一切皆有可能，一切都是昙花一现，都散发着魅力，享用着媒体的关注度；在这里，华丽的服饰耀人眼目，才华和劳作亦所向披靡。金钱在奢侈品业的世界中高速流转。它来无影，去无踪，走了还再回来。幸好，它时常酬答创造的真谛、终极的本质。有时又很悲哀，金钱忘记了陪伴艺术家，因而变得冷漠无情。假以时日，成功终将到来，对那些懂得等待的人一展慷慨。只有那些长期浸泡于此间的人，他们对失败"欣然笑纳"，出错就出错，顶着口诛笔伐的枪林弹雨，最终才赢得财富。

最终，奢侈品业的金钱也没有太不公平。很多时候，它也是公平的游戏。

大创意家、大金融家、忠实的朋友、高明的商人都变得富有了。精明的继承人也懂得了保护家产。倒霉的人、无能的人、过度投机的人、挟持抵押的人、搞小动作的玩主、自视过高的人，统统都失败了。那些人都忘记了奢侈品业是没有免费午餐一说的，忘记了丑陋的东西乃是终结于惹人讨厌，忘记了过分等待的话，在这个世上也就剩不下什么了。老天也不是什么都保佑的。

奇怪的是，金钱是随物而来的，同时，它又是为物而生的，尤其是当物反映了人的劳作时。因此金钱在此并非本质，而是行为、精神以及梦想的无情揭示。它身着丑角的服装，围着产品、创作者、投资者以及经理人转。它是发动机。对于有些人，资本市场给了他们喘息的机会，因为一旦公司有所表示，市场的开放便会给他们的船帆鼓满了风。对于这些人来说，正是资本市场的风险将全体人员凝聚在了一起，由于龙骨够结实，船只出海了，船长甘冒风险，一切都为了能更好地迎击最恶劣的暴风雨和最终靠岸。金钱不再蒙蔽人的眼睛，不再妨碍运作，它是一颗大补丸，是自由的元素，平衡的源泉。对其他那些可能已成了其财富囚徒的人来说，金钱成了敌人。它毁了想法，灭了创新，造成了永久的焦虑。对这些人来说，应该赶快卖掉，然后走开，要不就会失去，而且是失去一切。因此金钱这丑角，集奢侈品业彩虹的所有颜色于一身，它是救世的钱、滥用的钱、回应的钱、残酷的钱，它是力大无穷的钱，它是难以抗拒的钱。它还会染上往后的色彩。它迟早会来，但要人苦苦等待；它终将报偿，但总是为时已晚。总之，它向着一切方向旋转，难以确定。它是幸福或者痛苦的渊薮，它承载着不公或是报应。

13

米尼亚尔小姐

米尼亚尔小姐是总裁助理，人们现在都这么叫。实际上，她是个秘书。

一位老派的秘书。

米尼亚尔小姐什么都知道，什么都管。而她的总裁是公司的大客户，没有她则什么都不会买。

是她来下订单，事先通知，老板要来"试一套衣服"，"买一套夏装"，或是"给一位堂兄弟送个结婚礼物"。

米尼亚尔小姐当总裁秘书已有四十年之久了。"我见过的总裁可多了去了。"她说道，不再作进一步解释。

米尼亚尔小姐什么都管："我管两位小姐，贝内迪科特和克罗伊，夫人、女佣、乡下的房子，甚至，"她语焉不详地加上一句，"先生的个人事务。"

大家在店里听到的尽是这种东西，都是一只耳朵进，一只耳朵出。

早上，米尼亚尔小姐来给"老板的一位重要客户"办"一份大礼"。

人们向她介绍了一些可能的选择：一只旅行包，或是一件大理石皮帕(Pipa)[1]家具,或是一套新款巨嘴鸟(Toucan)[2]系列黑白餐具。

米尼亚尔小姐是个老姑娘。"我是没时间结婚,但我了解男人们。"

大家都附和她的说法。

她犹豫了一下,然后发话了:"我很想把这些盘子买下来,你们能给我个小优惠吗?"

事情复杂了。

这位小姐喜欢把商务礼品和个人喜好搅在一起。这都成惯例了,总是搞得很复杂。

"这可不好办,我们更愿意另送您一份小礼物。"销售员解释道,试图把米尼亚尔小姐拉回正题。

"这个帆布皮包我要了,还有这套餐具。"米尼亚尔小姐说。

销售员乐坏了。

他没敢期望这么多。

他进去找来一瓶香水,交给这位小姐。这下她也像他一样如愿以偿了。

---

1 皮帕:爱马仕家具产品的一个系列。
2 巨嘴鸟:爱马仕餐具产品的一个系列。

14

布朗夫人

布朗夫人是个无节制的客户。她酷爱时尚，以及"所有的时髦东西"。这还是有点含糊。

"价格是挡不住我的。"她说。这比较肯定。

"女销售员们真讨厌。她们跟我说，我太胖了……"

这些女销售员！也太不会做生意了！

"我一进商店，就什么都想买。"

那您都买了什么呢？

"什么也没买。"

为什么呢？

"没什么适合我的东西……"

布朗夫人是个不忠实的客户。

"我到处买东西，爱马仕、迪奥、古驰、Zara……"

"我买东西去伦敦、去巴黎、去圣·特罗佩……"

布朗夫人的确是胖，的确是什么东西都不适合她。她"一天到晚"搞减肥食谱，但"什么用都没有"。

她喜欢"狗儿们"，尤其是她的狗，一条肥头大耳、黑了吧唧、又病又瞎的拉布拉多犬，唤作"铁达时"（Titus）。当她试连衣裙时，它会往地上一趴，吓坏了那些女销售员们。"它的确会咬人"，布朗夫人承认。

布朗夫人"一会儿什么都喜欢，一会儿又什么都不喜欢"，这要"看日子""看心情"。"让我恼火的是，"她说，"这些女销售员全都搞不清自己是谁，也给不出自己的意见……"

布朗夫人是生活的欲望过盛者。她待人亲切，喜欢蛋白杏仁甜饼，喜欢在"品牌专卖店"泡着。她会向设计师提出没完没了的问题，什么杂志都看，并喜欢"有人照应着她"。

布朗夫人说她丈夫是"废物"，她乐意"为快乐而美丽"。

布朗夫人是没逻辑的，所以千万不要企图搞清她这天是个"买东西的日子"，还是个"什么都想试试，但什么都不买"的日子。

布朗夫人是个被宠坏的孩子，令人受不了，也会令人大跌眼镜。

一天，她决定给她的女佣买衣服，就带着女佣一起来了。女销售员们跟接待布朗夫人本人一样好好接待了若西亚娜（女佣的名字），结果布朗夫人反倒生气了："你们喜欢若西亚娜胜过我！"

的确是这样。若西亚娜身材苗条，漂亮迷人，带着动人的微笑，什么东西到了她身上都显得如此完美！布朗夫人是很大方，但也爱吃醋。她对此很反感，她觉得这把她衬得"越发难看和蹩脚"。

那女佣的的确确是清新、年轻……布朗夫人是位好客户。大家都知道，她就那样，爱挑剔，难伺候，但仍是位好客户。

这就是布朗夫人。

15

红灯，绿灯

谁能想到巴卡拉有一天能重新恢复平衡？

巴卡拉是个老牌子，很有分量，扎根洛林，位于水晶之乡。距圣路易－比时不远，那里是多姆（Daum）[1]和莱俪的皇家水晶厂。

整个地区都处于危机之中，所有水晶厂日子都不好过。竞争激烈。匈牙利人、捷克人，他们都会制造水晶，且价格更低。

安妮－克来尔·泰亭哲（Anne-Claire Taittinger）被她父亲让（Jean）推到了巴卡拉最高领导人的位置。她气质古典、保守，甚至显得有些冷冰冰，还有些专横。但她有胆量，再加上脸皮厚，说到底其实是勇气过人。更重要的是，她有眼光，显出一种非同一般的顽强。在各种嘲笑和批评之下，这个女人有着神赐般的能力，即便有时她的缄默会令人不安，使得她引人反感。从她的外表看不出来她的敏感性，至少，人们没花上足够的时间去观察她，了解她。就她而言，信任是慢慢获得的，但会铭刻在良好人际关系的大理石上。安妮－克来尔优雅得体，与人保持一定距离，做起事来颇有魄力。

她面对的是巨大的危机。9·11之后，水晶的客户都躲得远远

1　多姆：法国老牌水晶品牌。

的。社会的难题、投资的沉重——炉子需要经常更新、买卖上的困难、太脆弱的边际利润、抬得过高的价格、走强的欧元、走弱的美元……

奢侈品业充斥着变成功为失败的例子。一会儿是绿灯，一会儿是红灯。但如何才能将一场已宣告的失败转变为成功？

那些成功地将一个灰头土脸的品牌重新变得容光焕发的人，他们选择的是怎样的道路？

如何解释有时适逢山穷水尽之时又忽然柳暗花明，眼前现出一条阳关大道？

如何理解一个本已陷入垂死挣扎的人，时来运转成了耀眼的"明星"？

圣路易的水晶厂。

一个冬日的夜晚，我抵达了圣路易－比时，就在出名的驻军旁边。从巴黎过来的路途很长，还经常覆盖着冰雪。通过一条极其陡峭的小路下行至一座山谷，两旁茂密的枞树篱笆被寒气冻得凛凛的。一场暴风雪刚刚从这里经过，树木横七竖八，一片狼藉，仿佛一场大战后的士兵们，横躺竖卧，残肢断臂，有的形象尚佳，其他的则歪七扭八，惨不忍睹。所有这一切令人顿感绝望、悲凉，让我印象深刻。我还从没来过圣路易－比时。

下到一座很小的城市里。这里水晶厂雄踞市中心，虽已今非昔比，但仍是一副高高在上的样子。我立刻明白了，它是这个小地方的浮桥、它的心脏、它的过去以及它的生存基础。我在一所大房子里住下。这座古老的建筑前面是一座花园，里面种着百年以上的参天大树。

我喜欢这片简单的草地，好像在对来客说："别糟践我，让我安静会儿，去把厂子弄好吧。"

我绕过草地，它们给那些大树做了保护，为这座古老的房子注入了几分生气。

夜里，我听着树林、大门甚至墙壁吱嘎作响的声音。我听到一只猫头鹰的轻声细语，从一个早已发了霉的很大的空房间里发出来。人们告诉我，这是一个幽灵的住所。

每次圣路易之行对我来说都是一种幸福。同时，我又越来越担忧。灯闪着闪着就成了红的。

我总爱跑到"大厂房"去找思路，学习一下精确与和谐。这里的夜晚是不可思议的。从不熄灭的炉子照亮了巨大的房间，以及所有的犄角旮旯。

人们处理水晶时仿佛一出排练完美、静默无声的芭蕾。

这静默是有条不紊的，伴奏的是鼓风的声音、清脆的噪音、哀怨的悲歌。那是火焰、水晶和人的声音。这深奥的混响，令我大气都不敢出。

一人鼓风，另一人切割，再有一人将物品放到炉子里。队伍自己开干，一句话都不用说。一块扭曲变形的白水晶，一会儿就成了一个漂亮的瓶子，完美、纯净，一件艺术品！我惊呆了，在这帮脸庞粗糙的人面前傻了。他们在一种严酷的高温下工作，使这些精美绝伦的东西得以诞生。这表明在每个人的身上，且就在那些外表傻大黑粗的人身上，对精确性的直觉，对于色彩、形式精雕细琢的品味，都是敏感性的集中反映。

我对他们怀有一种敬重和欣赏，但无论是腼腆的性格还是当时的情形，都令我没能按自己所希望的那样去表达。

我被圣路易的水晶厂迷住了。我仔细观察安妮–克来尔·泰亭哲在附近这些巴卡拉的厂子里都干了些什么。

当安妮–克来尔·泰亭哲决定让这么一个亏损的公司，在巴黎的美国广场上一个特殊酒店建一座有展览、有销售的博物馆，我看到，像通常一样，那些持怀疑态度的人在笑。这个地方到了今天经过改造、扩建和升级，已经达到了完美的程度，而那些杯子、瓶子，那个水晶的世界，那巴卡拉的魔法，多亏斯塔克[2]的加入，全都实现了。

要做到不听人劝，铤而走险，的确是需要勇气。那又怎样？即使"全打水漂"也要投资，就好像水晶能为如此胆大包天提供正当理由？

藐视理性，为的是唤醒激情？

把水晶魔法搬到台上，以改变这一祖传行业的形象，让那边的那些人来扮演主角，与人分享一些他们的绝活儿，但首先要把他们的自豪与尊严放在前面。安妮–克来尔一点不缺乏勇气，而她成功了。巴卡拉不再亏损。这个水晶花园里也挤满了欣赏和购买的访客。

而爱马仕为什么要支持圣路易的水晶厂呢？

为了共同分享卓越的梦想，为了不让"好好干活"的幸存者们倒下——他们是这个世上少有的，一心以为靠自己勤劳的双手就能

2　菲利普·斯塔克（Phillipe Starck）：全球最炙手可热的法国产品设计师之一。

生存的人。同时也是为了以此向工匠们致以敬意。

爱马仕护佑着这群消失在峡谷深处的水晶制造者，他们深深埋藏在保护着他们的技艺绝活儿中。

他们还在那里，不管竞争怎样；他们还在那里，琢磨着如何以及为何处在一家大品牌的保护伞下。而它有充分理由去守护一种宝藏，带着某种天真来支持这些人，他们认为自己仍有可能在圣路易，在洛林，用离自己家只有几米远的河里的水制造出世界上最美、最纯、色彩最神奇的水晶。而他们，只有他们，掌握着真正的秘密。

安妮—克来尔·泰亭哲同样在干，为巴卡拉重新赋予生命，率先投入她最后的力量，打赌一定能把惊喜和震撼带给水晶崇拜者们。

红灯后面是绿灯。复兴之路是存在的，即使貌似有诸多障碍无法逾越。

16

一位警察

似乎"只有那些非常富有的人才会去买奢侈品",而且"世界上的富人越来越多了"……

滨海瓦朗日维尔,一个冬天的晚上。

我来检查工作,在一条省级公路上。二十年来我生活中的每个周末,我都要做一做市长的工作。我喜欢这两个世界的交融,以迥异的现实来滋养我。星期六,我一个一个地接待我们这个小地方的居民们。

我做建议,做调解。

大家来见我是指望我能伸把手,干预一下,给个意见。

我做记录,做录音,进行解释,然后用一周的时间处理文件。

有时,我如石沉大海,察觉到一种我所无法想象的困境,那是一种痛苦。

我看到富人和穷人之间的鸿沟正在加深。我的对话者的外表与其处于深渊边缘的真实处境间的差距,我并不是总能搞清楚。我会设身处地为其着想,尽量不提过多问题,而是抓住要点,想什么就说什么,看能否打开一条通道。

我享受了很多幸福时刻。这个漂亮姑娘，我认识她父亲，一个普通工人。她跟我提出想去爱马仕做"税务和海关法"方面的实习。

奢侈品业吓唬不了谁。这位勇敢的年轻姑娘就在我们这里得到了她的职位。

她做得非常成功，才智出众，勤奋敬业。我对那些超越社会障碍赢得胜利的人极其欣赏。

我很喜欢这种能让我接近另一种现实、另一种社会的市长生活。我花时间来倾听、来理解。当人们在描述其处境时遇到困难，我学着不要反应得太快。因为对于他们来说，仓促的答复等于一种披着残忍外衣的暴行。

而对于那些说谎话的、伸手伸惯了的、除了接受别的什么都不干的人，我会毫不犹豫地将其打发走。我发现了真诚，属于来访者的社会出身，或是其职业背景。我从不忽略任何一个人的故事。我学着谦卑地尊重，迅速地决定。我坦然接受，并从经验中知晓，不受欢迎是暂时的，真正管用的唯有持续的行为、眼光，以及目标的确定。

然而解释是行为的花冠，而且是困难的。

我去现场，去了解情况，到人们家里，与他们会面。就这样，一个晚上，在一个工地上，一位警察跟我打招呼。

"市长先生，您好吗？您的生意怎么样？爱马仕在亚洲做得还行吗？"

我所在的科镇地区的这位警察真是语出惊人！我问他："可您怎么知道我在爱马仕？"

"我就是知道，而且，我还是你们的客户呢。"他补充道。

我停下来，也许不应该，但就是愣在那里，不知所措。

这位年轻的警察居然是爱马仕的一位客户，我大着胆子问他："但是您是怎么买的、在哪儿买的、在哪家店买的、买了什么呢？"

这位警察很平静地答道："有十年了，每年我都会在降价处理时给整个局里买一批爱马仕方巾……我妻子收藏方巾，我们已经有几十条了。关于爱马仕方巾我们什么都知道，其中的每一块都是一件作品，讲述着一个故事，让我们从日常生活中脱离出来，您知道，市长先生，有了这方巾，人们就有了一个出口，一个小小的滑步，一种逃脱。"

我听着这警察给我讲品牌战略。

我想起雷拉·曼查丽有天跟我说："方巾就像化妆品，为你改变面容，让你精神焕发，为你着上新装……"

我听着，这位警察给我描述他最近一批方巾的颜色，他谈到了"丰饶肥沃（abondances）""天光重现（lumiere）""异域风情（payetrangers）""无尽旅途（voyages）""大地、天空和海洋（terre, ciel et mer）"，以及"昔日荣光（passé glorieux）"[1]……

他完全理解了方巾的神话，理解了设计师、年度主题、人物与风光、动物与自然等等之间的联系，它们使爱马仕方巾成为幸福的载体、情感的源泉。

对于那些自以为完全了解我们客户的人，这位警察做出了一种

---

1 都是爱马仕方巾的款式名称。

明确的回应。谁也不知道他们是否富有，那些在其作品上签下名字
的人，如果知道有这样的男男女女，只要他们喜欢，就能为其一掷
千金，那该有多幸运。

　　这警察是位真正而理想的客户，我欣喜地听他说着，饥渴地、
贪婪地倾听着。

17

塞纳·圣·丹尼与
波尼·叙·默兹的就业中心

爱马仕在巴黎有个好的惯例，公司从位于"拉贝·格雷古瓦"大街上的一所好学校招聘新人。可以从这所职业学校班级里招到表现最好、最积极主动、最有天分的学生。在爱马仕，"拉贝·格雷古瓦"是一类文凭的代表、一个有魔力的名字、一本进入各工坊的执照。每年经过老师认定，大约十五名学生就这样几乎是自动进来，交给一位著名工匠去带。

直到有一天，十五个学生已经远远不够了，因为公司扩大了。每年得要四十个学生，才能跟上我们订单的发展速度。

在法国，要搞个职业培训班是很复杂的。如果再要像我们这样搞，那就更没可能了。

怎么办？

我们有了个想法，然后再跟塞纳·圣·丹尼的就业中心去说。我们最终选择了自己培养鞍具—皮具制造工，在爱马仕内部办个培训班，培养那些来自就业中心的年轻人。

由我们来挑人、选拔、培养和雇用。

挑人是依据行为举止的标准、能融入工坊的才干、获得人生成功的意愿，以及手工劳动的品位。我们来观察、倾听、理解。

真的成功了。多数情况下都融入得非常成功。

爱马仕最棒的成就之一就是，懂得如何在意想不到的地方去寻找那些男男女女，给他们提供一种长期的培养，在最好的学校里对他们进行文化洗礼，让他们明白把活儿做好并以此获得回报的崇高性与神圣感。

这是什么样的融合啊！爱马仕，作为奢侈品品牌，就在庞丹这座工匠的城市安下家来。

但在表面的自相矛盾背后，其实隐藏着一个至为简单的真理。爱马仕就是公民，它就是以这一头衔在城市的中心活着，因而各种困难与各种优势都同时与它相依相伴。

波尼·叙·默兹。

那么为什么要去默兹（Meuse）那边建一个皮具制造厂？我们去那里是偶然的，因为我们中有个人"是那片儿的"，他的老母亲和兄弟们都在那里生活！

我们会从离巴黎很远的大卖场招聘女销售员，还有临时工作机构的失业者，经过一段较长时间的培训和适应之后，再建议她们加入我们公司。

我们继而决定在默兹河岸边建一座漂亮的工厂，就像一条俯瞰水面的透明轮船，与大自然融为一体。这是建筑师博格的大作。

真壮观！

到了现场，我忘不了一位女士的目光，她对我悄悄耳语了一句鼓励的话。"谢谢，"她说，"你们重新给了我希望。终于，我又可以有所规划了。"

有所规划。

从她脸上我读出了疲惫和焦虑。我察觉到一道光亮了起来，然后又回归平静。在动荡不安的日子之后，相继而来的会是一段安宁的时间，有一份稳定的工作和一个超出预期的环境。

我揣测着她走过的路、受过的苦，以及为适应现实而付出的努力。

我默默地望着她。

握手时她扶着我的胳膊，拉着我的袖子对我说："您知道吗，没工作做让我都已经绝望了。"看着她一副认真的样子，我心里沉甸甸的。而她那挑剔的工长眼睛一直盯着，纳闷她都跟我说了些什么。

我跟她说："您会看到，一切都会好起来的。"在这一天，我认识到一种巨大的幸福，觉得自己也能有益，敢于跨到便利、习惯、省事或是传统之外，支持雇用那些表面上没什么能力、但却决心学习一切的人。

在波尼·叙·默兹，时至今日已有两百多名男性和女性为爱马仕工作。

奢侈品业在此，即为公民。在庞丹的就业中心，与在波尼·叙·默兹一样，爱马仕比任何别的地方都更让我喜欢。奢侈品业在此处，在爱马仕的大伞之下，提供了保障、给予和尊重，展现着它存在的真正理由：慷慨、培育和传承。

奢侈品业就在这里，它是有益的，绝非无益。

18

轮椅上的人

透过窗户，他看到对面的人行道上有部轮椅，就在爱马仕的一个竞争对手的橱窗前。

销售员看着，打开了朝向博瓦希–德·昂戈拉（Boissy-d'Anglas）路的商店大门。

轮椅在法布–圣奥诺雷大街的另一侧卡住了。

他离开商店，穿过马路，上前问道："您需要帮把手吗？"

轮椅上的先生听懂了，以一种不太标准的法语答道："是的，我的车轮坏了。"

销售员请求支援。

他们三人一起抬起这位英伦风范的先生，拔出他的轮椅，将其安置到店内一部舒适的椅子上。

鉴于轮椅的车轮坏了，他们自告奋勇修理。

这位先生眼睁睁看着，惊奇不已。

二十分钟后，车轮修好了，先生也重新安置妥当。

他千恩万谢地离店而去。

一个月后，我们收到一封信。那个英国人实际上是爱尔兰人，"从没见过这样的"……他写道："我真没想到爱马仕的人能到法布街的另一边去接我，把我带到店里，也不问我姓名、地址，二话不说就修好了我的轮椅，其间什么也没提过，什么东西也没推荐过。"他还说："你们这儿没人知道，我其实一直都是你们品牌的客户。而你们的态度所体现的不正是一家奢侈品牌的定义：懂得等待，懂得付出，懂得不急于销售吗？"

这一天，在爱马仕，奢侈品体现了人们喜爱的一层意义：销售并非主旨，而是通过行为举止来体现一个家族企业的理念。法布－圣奥诺雷大街的这几个人，令整个团队、整个企业自豪骄傲。

在恰当的时间，以恰当的方式，做应该做的。

这一天，"奢侈品"这个词有了一种意义。

19

人称多班的阿马杜·萨玛塞库

我们去马里拜访我们的朋友多班，他为爱马仕制造珠宝。

身在巴马科（Bamako），出发去杰内（Djenne）这个我早想见识的地方之前，我们发现了一个绝佳的黑白照片展览。

遥远的陆路之后，我们又借了条小船，去和杰内相会。原来它在一个岛上。

一个异域的城市，赭石色的砂墙，好像是从沙漠里冒出来的。这是一座柏柏尔人的城市，一座伊斯兰教的岛屿。清真寺不让参观，我克制住自己，不死命坚持。

简直是一片电影布景，小街小巷、色彩缤纷的市场，靛蓝色混杂着从所未见的赭石色。各种颜色的水果和蔬菜与非洲的色彩混在一起，仿佛是用彩色粉笔，稚拙地涂上一层浅色，好似覆盖着阳光。这是一种阿拉伯的沉重炎热，我们只能慢慢往前走。

杰内算不上有多好客，也不是很亲切，外国人在这里并不受欢迎，但可以谨慎、有保留地接近它。在这被保存、受庇护、与世隔绝的小岛中心，我并未感到受排斥，反而是得到宽容。

夜幕降临，我们又出发前往莫普提（Mopti）。

深夜，微风拂面，我沿着尼日尔河散步。

第二天早上，阿马杜·萨玛塞库，人们都叫他多班，来向我们表示欢迎。我信守了我的承诺。他露出一脸灿烂的笑容，我也一样。

他等着我，请我跟他一起去参观他的精品店。

在市中心，我走进他的商店，全是各种银项链。多班是本城的大珠宝商。他让我坐下，给我端来了茶。然后向我展示珠宝，金银都有，全是小心地放在乌木托盘里，藏在屋子深处隐秘的地方。

我观看着，欣赏着，夸赞着，一件一件接过这些漂亮的物件，忖度着它们所花费的功夫。

他一边品评，一边向我做着介绍，告诉我他是如何"以为爱马仕工作而自豪，而且自豪极了以至于还去跟总理这样说"。

我们没完没了地聊着。

他向我介绍说他有"八个孩子和三个老婆"，他"为了满足所有人的需要而伤透脑筋"，而他的"最后一个老婆很年轻"……

我点着头，表示理解；但我保持谨慎，表示出犹豫。

下午的安排说是要给我们留一个惊喜。"15点整我来接你们，我们去村里，有个庆祝活动"，我们的朋友多班先打了个招呼。

我们坐着汽车到了莫普提附近的村子。

我们把车停在一条小路边上，然后一起步行过去。

我问过："应该穿什么衣服？"回答是："你们随便。"出于礼貌，我戴了条领带，快乐的预兆。

绕道一条小巷，我们来到一个小广场。全村人都集中在这里，身着盛装。村长以一种罕见的优雅，披着一件白色大氅，建议我们加入助兴。

在我们面前，唱歌、跳舞的人络绎不绝，在全体村民面前走过，穿着节日的服装，我们在中间，一起为爱马仕庆祝。

这个庆祝活动和爱马仕一样，混合了质朴、热情、幽默与融洽，属于一种家族庆典。只有我们两人是白人，而这点根本不重要，朱利安在爱马仕负责珠宝业务，加上我，在三百名非洲人中间，我们两个的领带在这些绚丽的非洲长袍和布料中间显得很奇怪，但这同样一点不重要，孩子们到处跑着，几只家禽在路边摇摇摆摆，乱哄哄的嘈杂淹没了发言者的声音。我们这是在马里，在多班先生的家乡！全村整整准备了三天，共同努力，出色完成；而且村长决定，日常工作谁都不用干。所有人都去帮他们的朋友阿马杜，展示一下爱马仕和他之间，以及我们所有人之间的纽带是多么紧密。

在相距遥远的马里那边，有位工匠在为爱马仕制作项链。他所属的这一链条无视疆界，赏识才华，并相互认可。就这样，马里的朋友与那些在越南制作漆皮凉鞋的人，或是柏柏尔族的工人，或是在圣路易传承技能的水晶吹制工会合在一起。

奢侈品业应该到那遥远的地方去重新找到它的根。爱马仕将沿着自己的道路，和它的旅伴们一起继续其长途跋涉。

非洲的朋友就是这里面的一员，而其他人正纷纷加入我们的行列。在这个莫普提集会的中间，有这些非洲人兄弟般地款待着我们，令我由此梦想到一种更加宽广、更加慷慨的新的凝聚，和这些像阿马杜一样有着创造的意志和能力的人们。奢侈品只有表达出一种客户能感觉到的慷慨，才有意义，才会得到认同。

奢侈品业应该深入下去重新寻找物品的根源，到最古老、最遥远的文化深处，为一种消失的手势、形式和色彩重新赋予生命，将某种古老的、已被遗忘的时尚诠释出一种新的现代感。

奢侈品有责任让人的手复活，为那些稀罕的，有时甚至是独一无二的东西找到资金与空间，因为依靠我们这些品牌，还能找到一条体面的出路。

奢侈品业，正因其是奢侈品业，就应该像爱马仕在莫普提一样，把订单发给非洲或其他地方的工匠，从而在多贡地区边上一个村里的小工匠与法布—圣奥诺雷大街之间建立一种意外然而必要的纽带。

爱马仕的骄傲就在于将这一纽带长期保持下去。

20

奢侈品界的"角马"

奢侈品界的大牌们在这个星球上狼奔豕突，四处抢位，在东京的银座、洛杉矶的比弗利山、纽约的麦迪逊大道、上海的恒隆广场安营扎寨。

一大群声名显赫者紧随其后，以乌合之众，扎堆设店，抱团取暖，以克服对那些擅闯禁地、缺乏教养之辈的忌惮。

他们互相容忍或是互相寻觅，互相排斥或是互相呼唤，各就各位并且认清形势，因为喜欢互相身挨身、脸对脸，唯恐生人侧身其间，对外人拒绝接受，一概请走。

这个圈子不大欢迎新来者、勇敢无畏者。这是受到主的赐福的一群，婚姻讲究血统，从不对外开放，只限自己人内部。对于其他人来说，障碍高得根本跨越不了。

幸好有时会有个别横蛮的就在那儿安下家来，这淘气鬼，在某个巨人的脚下，狐假虎威，就此打入一片禁区，那可是神圣的金钱、利润及市场的心脏地带。

反应是强烈的。这个年轻品牌从来无法驻足的星球，这个死亡接连不断，而出生闻所未闻，或干脆没戏的世界是多么离奇！

当然，慷慨大方是招摇炫耀的，但那都属于门面。对于那些敢于在这片圣地插上一脚的冒失鬼，别指望任何援助之手会伸过来。

如果某些病入膏肓的品牌得以幸存，且还在那些高级地段、漂亮大街上找到块好地方，那是因为它们属于某些有权有势者的可怜养子，也是因为做出些许资助，显出对于奄奄一息的优秀者乐于拯救、扶持的态度，总是件好事嘛。

如果这些小品牌由于有强者保护能呼吸顺畅些当然更好。这样还能保留下一些技术诀窍，以及一个家族，一条山谷，一个小小的地区。

在某些行业头面人物的保护伞下，某些患了不治之症的品牌还能撑下去，再往前走走……想有一天能挣到钱是一点没戏，但却可以不失去一种祖传的手工技艺。

在此期间，星系在成长、壮大、膨胀，几年间，小品牌成了庞然大物，占据了无法撼动的支配性地位。奢侈品业以集团的形式运作，同一集团越发强势，携十到十五个品牌，蜂拥而至那些最昂贵、最赚钱的地段。就像在战争中，有些人投降了，跪倒在地，或是撤退了，在犬儒主义驱使下，在进攻者面前礼貌地微笑。因为在这个世界是不能生气的，可以强求，可以威胁，假装一切放手，而分销渠道沦为俘虏，卖方市场极其危险且完全意识到自己的威力。

这个星系围绕着自身转动，同时又阻滞，封锁，由最强者来制定规则。

这就是奢侈品界的"塔利班"。

奢侈品业的运作就像肯尼亚的角马，成群活动，一个跟着一个，以抵御捕猎者，并互相帮助。机器们矗立于此，整体上十分强大，可以抢地盘，权衡，恐吓，十几个品牌彼此肩并肩、手挽手，可以用一处交换另一处，或者冻结某一店铺，为的是保住未来。空间之争是无情的，为了能够站在第一排，驱逐那些要来搅局、争宠的家伙们。

奢侈品业的品牌们就像那些动物，对于领导队伍焦躁不安，而不大喜欢那些不听招呼的。像在角马中一样，那些一瘸一拐的被甩到外围，视为危险，遭到剔除。一点点虚弱都会被利用，任何羞耻都不讲。

就是要待在这里，而非任何别处，在机场、大型商店，进入预留空间的钥匙似乎也要通过其他地址才能管用……

万分幸运的是，仍有几线希望之光。人们可以躲避、离开那些大型购物中心，那些"购物廊"，以便离繁华远些，以便收获惊喜。禁令没有它们显得那么强，而缺口之宽却完全超乎人们想象。

当爱马仕把店开在远离一切的首尔市道山公园，一个似乎从来没人去的地方，或是开在远离纽约市中心的华尔街时，这的确是一种冒险。

马儿自己自由驰骋，离开了运动场，一路飞奔，展示出一条新路。其他人可以跟着它走，也可以付之一笑！

当那些胆大妄为的家伙们嘲笑着男爵们，来捋其虎须时，他们收到的是吼叫，是恐惧。他们成功了。真棒！

然而他们在数量上太少。这些奢侈品业里蛮不讲理的人，鲁莽冒失的人,他们挑战礼数和习惯,在本该说"是"的地方偏要说"不"。

他们遭到拒绝、诋毁,因为在这个圈子里,他们因不肯遵从、另搞一套、拒绝神圣的习俗而被排除在外。对于那些边缘人物,如果他们不是对一切都提出疑问,人们还是蛮喜欢他们的。人们痛恨放火的家伙。他们也希望创新,但要在内部,同时还要尊重游戏规则。

奢侈品业的星系更乐意自己经营自己的更新换代,即使它对自己控制市场的能力完全是自我幻想!

中国人醒了。在纽约的 FIT(时尚技术学院),新的队伍正在组建,要去抢夺珍宝,打入系统,引入新鲜血液,造成轰动效应,最终理直气壮地质疑一切陈旧的东西。

由于该星系构建的障碍实际上是能够跨越的,所以什么都躲不过崭新的创意和天才。奢侈品业的亡灵们可以安息了,他们数量众多,名气虽响,却落得个资财破尽。其他则要么是已经死了一部分的活人,要么是没了氧气的活死人。而实力强劲的则因那些遍布全球的厉兵秣马者而大受刺激。

该星系受到威胁,这倒是一种幸运。其幸运就在于这种刺激之中。它强迫其变化,改变,自我更新,不顾任何阻力地迎接其他。

在上海外滩,我穿过一条商业走廊,而后突然,在稍稍远一点的地方,在名牌云集、鳞次栉比的精品店铺群之外,我看见了陌生者,年轻的设计师已染指此处,那名牌们尚未驻足之处,因为与客户的契约是另一种性质,它建立在一种特殊的默契和信任之上,故能激发新的能量,并吸引目光!

一切其实都依赖于创造。

产品的成功从来都是没有保证的，只有永远更新才能筑起阻挡厌倦的堤坝。

角马一般的奢侈品业不会永远存活下去，它会疲惫，会平庸。

奢侈品业也可以独自前行。

奢侈品的签名越来越需要新鲜的空气、令人振奋和挑衅的空间，为的是更好地呼吸到惊喜和贪婪，让男人们不必彼此相像，女人们不必穿同样的衣衫，而是因人而异、个别、独特。

走出逻辑吧，它把所有人一起圈成一个羊群，或者更差，像一个隔离区。这是一种快乐的需要：去震撼人心，去不断诱惑！

21

美国风

在美国，哪儿都能开店。从南到北，更多的时候是在芝加哥、纽约、迈阿密或者洛杉矶。对于那些知道要去好的地点、一步一个脚印、不犯错误的人来说，市场仍然是无限的。只要自己不飘飘然，店不是开得太快，怎么做其实都行。

美国是个难搞的市场。在它那里很容易失败。克利斯汀·迪奥、梵克雅宝（Van Cleef et Arpels）[1]、弗雷德，也许还有苏蕾亚多以及其他许多品牌都吃了不少苦头。

除了交通，美国并没形成一个统一市场，它是一系列迥异的城市和形象的累加。

一厢情愿地想把美国当作一整块独一领土吞下去，这就构成了致命的战略错误。

好比说在波士顿开店。波士顿市场的开发就无法从纽约市场借鉴到任何东西。就是纽约市场本身，它也是由多个区域构成的一个整体，麦迪逊和华尔街的那些街区一点都不像……

而那些城市周边居住区的市场又如何呢？比如说新泽西的那一

---

1 梵克雅宝：著名珠宝首饰品牌。

堆，单就它们自身而言，就是不同的、分离的、互补的，就像卑尔根县（Bergen County）或者曼哈西特镇（Manhasset）的情形吧？

这种观察对于拉斯维加斯、迈阿密、棕榈滩、旧金山或者西雅图同样成立。每座城市都有其风俗、客户和习惯，而没有什么能阻止人们去想象，在这块强大、危险、诱人而致命的大陆上的所有领土，都分布着营业额与增长额的巨大储量。

卡尔拉·米切尔（Carla Mitchell）来了有三年了。很快，她就成了这家大公司的副总裁。的确，在美国可以很快当上副总裁，但这说明不了什么大问题。

卡尔拉是副总裁，可脑袋里只有一个念头，就是成为 CEO，也就是总裁、大领导。的确，在美国，当上 CEO 是不容易的。卡尔拉不想等，因为她学到的是，要想成功，一定要快。

一个星期四我和卡尔拉一起出差去棕榈滩。我们分享了所有关于发展"业务"的想法，还扯远了，憧憬将来啦，构建未来啦，激励员工啦。她跟我说了又说，她和大家，和我一起工作是多么幸福。

我是她所遇到过的"最好的老板"。

这家公司是"最美的"。

下个星期一，她就辞职了。

接下来的星期四，她就加入了一家竞争对手的集团。

就是这样，在美国，忠诚的定义有时是很令人意外的！

人们学会了不受那些为了抓住另一份工作、另一份薪水就把你一脚踢开的人的伤害。归根到底，过从不要太密看来是一条基本规则，而小剂量的厚颜无耻如果放的是地方则有助于理解。

卡尔拉又去了别处，在那儿，她终于当上了CEO。她到处开店，为了迅猛、震撼的增长额疯狂复制"角落"（corners）[2]。英勇的她登上了事业的旺度山（le mont Ventoux）[3]，全副武装，风光无限，回报巨大。

很快，营业额消失得无影无踪了。这是搞砸了的巴塔巴斯，这是建在沙子上的城堡，转瞬即逝，形象也跟着受损，搞得老品牌瞠目结舌，双膝跪地，牺牲在短期雄心的祭坛上。

在美国，一定要对步伐保持怀疑。奢侈品业这匹马儿不是怎么跑都行，而是从不在碎石地上奔跑，因为马蹄会损坏，甚至会把腿跌断。那样的话，这马就只好退休了，甚至更惨，只能去屠宰场了。

卡尔拉很快出局了，和她的上位一样快，奈何败局已定。

该企业已然瘸腿了。

奢侈品业的马儿应该喂干草，提供良好的营养，懂得让它在马棚或是牧场安安静静地休息一阵，然后再去散散步，遛一遛，如果可能的话，再跑一跑。

对于该品牌来说，由于受到节奏错误的损害，飞奔在很长时间内都要被禁止。尤其是在美国，天堂经常与地狱相邻。

---

2 "角落"：一个时尚界的新兴品牌，在行话里也指商场里角落处的专柜。
3 旺度山：阿尔卑斯山系西侧，普罗旺斯地区最巨大的石灰岩山岳。

想要急不可耐地扩增店铺的数量就会如此,形象会受损。而在美国,形象总是处在剃刀边缘。

世界上的任何市场对报刊上的谣言都没有这里敏感。要说客户受新闻界、时尚界以及别人说些什么的影响程度,这个国家算得上独一无二了。

奥普拉·温弗瑞(Oprah Winfrey)出现在法布-圣奥诺雷大街24号的爱马仕,就在打烊时间刚过几分钟之后。

在大门口,安保人员看到来了一小群美国人要他开门。然而当晚,正有一场为几位客户预订的时装秀。真是不凑巧!

奥普拉的朋友们觉得她遭到拒绝是因为她是黑人……而安保人员也是黑人……可在巴黎谁也不知道奥普拉·温弗瑞是谁啊。

对于那些给法布街商店关上门、组织晚上活动接待的人来说,这位美国明星在这个晚上只是个陌生人而已。

惨剧!失误!没错,我们早应该知道。然而奥普拉朋友们的反应可没工夫等待,事情被上升到美国的、没边的、过分的、令人难以置信的高度。

成千的指责邮件突然涌入爱马仕的网站,仿佛一道江湖追杀令已然发出。

道歉、对话,但怎么都不行……爱马仕成了网民们、奥普拉的粉丝们的靶子。而同时,我们也收到了不同的邮件,这些美国人说:"不,够了,名人就该为所欲为?商店已经打烊了嘛!"

全都搅和成一锅粥了,法国、爱马仕、奥普拉、伊拉克战争、种族主义、"法式作风",纯属幻觉的、缠杂不清的、撒气宣泄的一锅烂糊。

几个月后,奥普拉在一个节目里谅解了。到底是怎么回事她自己心里清楚。她推荐了我们品牌,她的凯莉包、柏金包。谣言才算终止。

对于奥普拉和她的朋友们来说,爱马仕又成香饽饽了。的确,这位"名人"并没将其晚到预先通知我们巴黎店的任何人,而说到底,爱马仕除了没能认出……以外,也没犯哪样罪。然而全世界都得知了,因此毫无疑问这是个事件!

一杯水中的风暴!无事生非!上亿电视观众享用了这一事故的美味……

22

庞萨克

庞萨克（Pongsak）是一位在泰国政府级别很高的外交官。他讲一口极其地道的法语，因为他曾在巴黎生活过。他出身一个非常富有的家族，住在一所极其奢华的宅邸里，就在湄南河岸边，距离首都几十公里远。他是爱马仕的老客户，说话比较随便，什么都谈，谈我们、谈法国、谈世界……

好吧，法国，对您和您夫人来说？

"世界上最美丽的国家，那儿，是我们曾经最快乐的地方；我们在那里有朋友，我们喜欢回到那里。法国，就是幸福。"

但为什么呢？

"因为法国让我们想到有序，另一种秩序，它告诉我们，一切都还是可能的，我们没有被迫生活在美国的伞下。法国说着另外一套，是对付单一的美洲—美国轴心的最后的办法……"

有成效吗？

"没有！有点浪漫！但也有用。即便实际上，法国在这儿无足轻重，但它是一种对情理、对自由、对放纵的古老回忆。而且，它有奢侈品，有空中客车，有高速列车，有武器，还有地铁！尤其是奢侈品！"

那法国人呢？

"人们对法国人一点都不理解。他们与自己的国家形象不一致，和这里的人们想象的不一样。CNN给我们看骚乱、罢工、冲突，和我原来了解的完全相反。我思忖他们是否喜欢自己，法国人！"

接着说法国人！

"我观察了你们的国家。这是一块自由、美丽的土地，这里还不了解。它有着一种使用不当的自由。年轻人没工作，没动力。尤其是在你们那里，有一种对变化、对未来的莫名恐惧。"

"民族冲劲的缺乏，这是法国最让我震惊的地方。而我上千次碰到的是，学生们渴望冒险，年轻人想创办自己的企业。但在你们那里，失败的权力被禁止了，一切都太规范了，人都被贴上了标签，好像被冻结了！……"

"你们的国家给出了一个精巧的、深谙生活艺术的、拥有精彩奢侈品的形象。而同时，这是一个沉重的国家，自己给自己制造障碍，就像那令人难以置信的削减工作时间的主意，而全世界都在工作得更多，时间更长，而且更好！……"

"而即使我还不理解这种沉重，但我还是喜欢法国的抵抗，它的离群索居、它的孤高自傲、它那传奇般的独立性。我有时对自己说，法国总有一天会重新变得现代，而且时尚。在美国史诗的平庸面前，在美国梦的新枝面前，在那嘲笑我们所有人，并羞辱这个星球的自以为是的美国政府面前，法国，小小的法国，指着它那傲慢的嘴脸，喊出自己想要的……"

"这么做挺有好处的。在泰国，政府破烂，贪污受贿。而在亚洲，所有人都拜倒在美国面前，一声不吭。"

"就像您说的，大家都对体制点头称是。你们却不！"

但您说我们无足轻重啊！

"不是，绝对不是。表面看来，的确是这样，很可悲。但总有一天，一切都可能改变，因为世界需要一种全新的凝聚力，一种对这个星球虔诚的尊敬。"

"而在这种回归中，法国将扮演主要角色。"

某种革命？

"对，另一种形式的革命，无法避免。因为有太多的不同、太大的差距。没有足够的公正。更糟的是，已经无法再掩饰下去了，像在这里，在南部，对那些穆斯林，就是我们的问题。我们不能让世界的所有各面在我们眼前崩溃。因为要是我们什么都不做，这里就会被那些船民、那些悲惨的逃亡者、那些穆斯林反抗者、那些无可期待也无可失去的疯子们占据。这将是马尼拉综合征，或者，漂亮的曼谷街区将被铁丝网围着。"

"法国就不是这样。"

那奢侈品呢？

"奢侈品诞生在一种文化中、一种土地上！奢侈品是一种历史的表达，很少是一种意外。泰国当然也有奢侈品。接待的奢侈不是一种花架子。无法模仿，在欧洲没人懂。"

"我去过你们所有的大宾馆，挺好的，但和亚洲一比，就乏善可陈了！在泰国，我们的奢侈就是懂得招待外国人。"

"这不是装腔作势，不是演戏给人看，也不是一种撒谎的方式。"

"这里的奢侈品，像在法国一样，是一种真实的表达，与每个人都喜欢做、喜欢说、喜欢成为的样子相符。"

"不存在假的奢侈品。人们可以去尝试，但假的奢侈品是不可能的。真正的奢侈品是无法模仿的，而且几乎是天生的。法国的奢侈品，出自你们那些大奢侈品公司，像爱马仕、香奈儿或者其他，我再说一遍，是天生的。"

"它可以传承，但学不会；它可以朗诵，但写不下来。就像这里，无论是在我们的宾馆，在我们家里，还是在餐馆里。"

"泰式微笑并非专利，它也没法传授。法国的生活艺术也是学不来的，而法国奢侈品也不可能在别的地方存在。"

"一片土地是独特的，出产某些水果、美酒，以及某种奢侈品。永远搞不出其他东西来。每种奢侈品都总是和邻居的有区别，但都能进入奢侈品的王国。那里有位置，也有竞争！"

"而法国走在了前面！"

我深情地注视着这个泰国家庭。

他，庞萨克，极度优雅，老牌职业外交官，讲究到了极点。而她，着一件华丽的绿色泰国真丝连衣裙，略显厚重，一条镶嵌祖母绿的项链环绕在脖子上，只有泰国人才会做成那样。

我望着他们，听他们微妙而又坦率地谈论着法国，所用的法语令我如在梦幻，满怀喜悦。

机动大船在震耳欲聋的噪音中从湄南河面上滑过。我上了一堂关于奢侈品的课。

23

一位真正的王后

我在法布街的爱马仕商店碰见过球王齐达内（Zidane）。他吸引了一片目光，全体店员当场瘫痪，仿佛是被北极的冰雪冻住了一般。我觉得真逗。

另有一天，我见到了莫妮卡·莱温斯基（Monica Lewinsky），昔日的小王后，进了同一家店，被四百多摄影师围着，挤作一团仿佛玻璃窗上的苍蝇，就为抓住这位女士生活中的一个瞬间，其才华也许并不值得崇拜者们的这种狂热……除非我对她还不是都了解！

我曾偶遇一位真正的国王，和他兄弟一起，独自来的，买他渴望的东西，绝对随意。

我怎么能忘记那位极为惹眼的部长，或者我应该说是那对夫妇，买了些东西，借走一套漂亮衣服，归还的日子一直没确定，并且对于"没人认出他们来"感到惊讶。

实际上，所有人都认出他们来了，但干吗要承认呢？大家经常认出这个世界上的王子们，但都是如此低调，所以我们都装作不怎么太多关注他们。一般来说，他们对此都很欣赏。

泰国王后通报了。星期二，18点左右。

我事先得到了通知。

我在自己的岗位上。

整间商店全体就位。

我们在二楼一个僻静的角落准备了两把扶手椅，给她和我，以便陛下挑选东西。

到了这个星期二的 18：30，没有人来。

到了 19：00，还是没人。

我们放下了卷帘。

"演出"的销售员回家了。但出于保险起见，谁知道呢，我们决定还是留下四五个人。19：15 了。

就在这会儿，警笛拉响，所有的车全来了，我们重新升起卷帘，打开所有灯光。

王后从一辆黑色加长防弹小轿车上下来，就像 1930 年代的电影里一样，一辆豪华轿车！

在她身后，有上百人。

一位带着小医药箱的医生、大使、陪同的女士们，还有一大队的保镖。

我们上到二楼，王后入座，没人看出我的销售员数量如此之少！就三四个人，他们递上盘子、方巾、棉毛织品、手袋、首饰，王后什么都想看看。

我不知道和她说些什么，在泰国，人们是不和王后说话的，王室备受尊崇、景仰和奉承。

王后说一口地道的法语。我未经多想便问了她对我国语言的运用问题。

　　她回答我说，她是在枫丹白露认识的她丈夫，也就是当时的王子殿下。当时她父亲，驻巴黎的泰国大使，让她负责陪同这位年轻人在法国访问。"就在那儿，"她对我说，"我认识了未来的国王。"

　　突然，她做了个手势，大家收拾行装，她又要走了。我送她出去。大队来访者离我们而去。一个手势，就此结束了。

　　几个月后，我给了她一份礼物，一个手袋，上面绘的是枫丹白露城堡的楼梯，作为这次速访巴黎的纪念。她提议我就丝绸节的机会和其他几位受邀者一起去她北方的住所拜访她。在那儿，盘腿而坐的几千名工匠、工人、农民呈献他们的工作成果，聚集在王室周围；色彩、织物、目光、服装纷至沓来，所有的少数民族都在那里，为丝绸而庆祝。快乐的时光。泰国的王后就在我面前，观看着，评论着，悄声对我说了一句"谢谢那个枫丹白露的手袋"，那只仅仅属于她的手袋。

24

边 界

自从玛丽-克劳德·莱俪让出了她的位置，新股东们决定再把火烧旺点。一位公司经理在我耳边低声道出了公司的新口号："我们将再打造一个爱马仕。"

说出口就要付诸行动。只见头巾、手袋、香水、各种配饰纷纷上场，好似一场打着莱俪标签的产品之雨，制作却是能在哪儿做就在哪儿做！

营业额看起来快速上升！莱俪香水看来也脱颖而出！

而玛丽-克劳德也认不出她的孩子们了。为了在奢侈品世界占有更大份额，莱俪改变了很多，拓展着边界，松开了缆绳。我不知道结果如何，我只看到那位经理再见都没说就迅速卷铺盖走人了。别了，小牛皮，母牛皮，猪皮……别了，头巾，别了，神奇……该品牌在各个方向上均遭到扭曲，再也呼吸不到它美丽根部的芳香了。

很多人都渴望要成为"小爱马仕"。在香港，上海滩（Shanghai Tang）[1] 自命"亚洲的爱马仕"……但任何走进"上海滩"的人很快

1　上海滩：以改良旗袍著称的时装品牌。

就能明白，而且没有什么需要强调的，这种比较只是徒劳。

"他们全都想做配饰！"一家大型奢侈品集团的总裁有一天叫道。

一窝蜂地都去做！又想做手袋，又想做服装，运气好坏就只能听天由命了。思琳提醒着我们失败经历的残酷。

昆庭也曾是某种意义上的优胜者。该公司推出了一堆配饰，失败了。的确，昆庭这家公司险些破产，极为勉强地被表兄弟博莱蒂（Borletti）出手相救，而他很快又转手售出，搞得凑凑合合，悬悬乎乎，且悬悬乎乎还要大于凑凑合合……那么，当大难临头之际，干吗不去试试巩固一下自己的老本行呢？

罗莎（Rochas）曾是一家很棒的时尚品牌，但不懂得在一条快要沉没的船上应该怎么去调整轮舵。人们居然在日本看到了罗莎的干邑！

灾难啊。

我知道的最大失败来自雅克·塞盖拉（Jacques Seguela）[2]，这位著名广告人把推出一款一次性香水的创意推荐给了毕诗男爵（Baron Bich）[3]。

塞盖拉对我宣称这将是一款世纪香水，它"不会散发出钱的味道"。

疯狂的创意，错误的创意，对于一个品牌绝不能为所欲为，把

2　雅克·塞盖拉：法国著名广告人，HAVAS 集团首席创意长、副总裁，灵智广告公司创办人。
3　毕诗男爵：世界著名圆珠笔品牌比克（Bic）的创始人。

消费者当成十足的傻瓜。塞盖拉以一种叫人看着都难受的厚颜和自信向我肯定，我是个思想陈旧的人，因为我丝毫不信这一奇招能把比克这个牌子变成一个梦幻品牌。

实际上，边界就在那里，客户已经划出来了。如果说爱马仕能以创设手表部门来调整它的范围，那不是一种多元化，而是一种自然、合理的延展。

当宝诗龙这位珠宝商创造的香水把整个巴黎都照成了蓝色，同时选择了一种与珠宝相匹配的小瓶，这也是一种延展。

当都彭（S.T. Dupont）[4] 走出打火机和钢笔的世界，转而去搞男装，这就是一场灾难……没把服装点亮！

奢侈品牌对于扩张是有抵制性的。安身于一块紧紧围绕的领地，处于一种无法摆脱的合理性之内，它们其实是不灵活的。它们的增长要靠它们自身的创造和内部创新能力，同样还有它们的专业水平，这都要靠在其技艺绝活的矿井中进行深度挖掘。

而当源泉枯竭了，叶子就会变黄，水分就会缺失，树木就会死去。

4　都彭：法国著名高级打火机和钢笔品牌。

25

多功能影城

如果在奢侈品业，创造是金科玉律，创造力是生命营养的话，那么创新在大多数时候还是一块遥远的土地。

真正的创新是能颠覆市场、震撼客户、打开前景、破除成见的那种行动。

互联网是一次创新。奢侈品业受到猛烈冲击！人们很难想象其结果如何。互联网与奢侈品业能和谐相处吗？销售终端方面的创新会比产品方面的更显著吗？

多功能影城（Kinepolis）。

长期以来，布鲁塞尔的电影市场已经名存实亡了。来自录像、DVD、有线电视方面的竞争已经让电影靠边站了，一无吸引力，二无未来。只有一两家艺术和实验影院，因那些影迷们、专业人士们、第七艺术的崇拜者们而存在。很多街区影院都已大门紧闭。

1988年，一位无名之辈创建了多功能影城（Kinepolis），一种电影城市。那里有崭新的银幕、数千个座位，甚至还有托儿所和餐馆。

父母们可以晚上出去，把他们的孩子托付给专门的保姆，非常安全！

影厅的舒适性得到了彻底的改观，座椅又宽又深，有放腿的空间，环境恬静、安详、温暖，令人忘掉"压力"。

人们都不去电影院了，都去多功能影城了。尽管多功能影城都位于城市以外，那也没关系，那里停车方便，远是远一点，但反而更方便。

口耳相传，而且传播得很有效，还没有昂贵的广告费。

就像在奢侈品业一样，持续的噪音和耳语，比暴风雨还要厉害。

该产品已变得无法拒绝了，因为它对应着一种真正的创新。电影，本是很平常的产品，而当它被一些组合起来的小型服务项目包裹起来后，就变得异常美妙，局面也彻底改观了。

看电影不再是问题，晚上出门变成了节日。通过创新，原来的障碍变成了优势。那些迟疑，那些先验的认识被彻底打破，电影获得了重生。

如果奢侈品业是多功能影城的话，那奢侈品业就不存在边界。

任何行业都不会死掉，如果它懂得更新，或者再能懂得创新的话就更好。

奢侈品业的创新首先要以一种高度的谦逊为前提。一种卖得很好的产品，如果人们见得过多就会变得危险。奢侈品是以某种稀有的形式和一定期限为前提的，即便是名气最大、根基最好的品牌，在创新有误或缺乏创造的情况下，也会出现意外。

但所有的产品都有它们的机会，如果人们乐意重新定义它们的用途，重新思考它们的前途，重新审视它们存在的理由，就能更好地关照它们，陪伴它们。当把爱马仕方巾配在牛仔裤上的时候，这就是一次创新的革命。

当让—路易·仲马想出了"非洲年"并创造了一种文化撞击时——爱马仕和非洲之前并没有显而易见的联系——他就是在创新。

当伊夫·圣罗兰为女性发明了吸烟装,他就不只是在创造,更是在颠覆。而谁也无法否认伊夫·圣罗兰是一位创新者,他改变了他那个时代的时尚、风格、色彩、主题和材质。

在巴黎,巴士底歌剧院的大厅里,在描述伊夫·圣罗兰历史的奇幻庆典中,我看到了一连串的创新。

每条裙子都是创新的,以另一种表达和想象的自由,塑造一种不断变化的撞击。以一种令其成为一位革命者的自由,伊夫·圣罗兰不是在改变服装,而是在发明、发现和想象。创意者与创新者之间的区别是巨大的。创意者的候选人有很多,创新者却很少——伊夫·圣罗兰、可可·香奈儿、皮尔·卡丹、库雷热(Courreges)[1]、让—保罗·高缇耶等均属于此一族类,堪称凤毛麟角。

维京航空。

维京:1980 年代的一系列小商店连锁。维京从小商店转变成大型商店,然而还是通过创建其航空公司,方使创新取得了新的方向。在竞争如此激烈的世界如何创新?维京航空令所有人大跌眼镜!

故伎重演,人们用一系列完全陌生的服务去包装旅行这项产品。

在曼谷,一种"豪华单车"在寻找商务级别的旅客。因为在1990 年代,谁都知道这个泰国首都的交通状况有多可恨。

---

1 库雷热:法国时装设计师。

维京航空还做出创新，在飞机到达时为商务舱的旅客把衣服熨好，在纽约到巴黎的飞机起飞前提供晚餐，而非登机之后，这样就能让旅客安静地睡觉，还提供按摩服务……维京航空以他们的方式发明着奢侈。

奢侈，就是为了有用、为了培育更好的欲望，并最终更好地成功而创新。奢侈因而为更昂贵地付钱给出了一种理由。奢侈是狡猾的，当它能以另一种方式表现出来的时候，不是进行煽动，而是恰到好处。

维京航空的奢侈为避开拥堵、轻松到达提供了一条捷径……

维罗尼克·妮莎尼安（Veronique Nichanian）[2] 在爱马仕开创了男装成衣。她谨慎而谦虚，让优雅朝着现代方向演化。她的服装令人惊异，因为它们都追求细节中的完美与舒适。它们是我们这个时代的一面镜子。男人们大步走遍商店里的通道，在一条裤子、一件上衣、一件大衣前停下来，摸摸，走了，几步之后又回来，又摸摸，问上几句，试上一试，讨论一番。

令人吃惊的是，男人们买了。他们既喜爱其样式的经典，同时又喜爱某处细节或色彩的桀骜不驯。

在所有男人的身上，都共存着一种对优雅的怀恋、"坏孩子"的一面以及一种对经典舒适的渴求。爱马仕男装就属于这一类。

维罗尼克·妮莎尼安为男人创作了只有她才能定义的外形，她

2 维罗尼克·妮莎尼安：女设计师，爱马仕男装艺术总监。

为男人带来了愉悦，和一丝幻想。她希望他们大胆、不羁、进取而乐观。她因此而创新。她为男人发明了一种用皮革编织的夹克衫，为他们拼合了黄色、吊钟海棠色和红色，"一种酸性的触感"。

在时尚、习惯或是方便之外，她还在材料上、成分上进行创新。她组合搭配。她组织结构。她带着头脑中的策略进行思索。维罗尼克迷恋创新，并将其与创作结合在一起。的确，在她身上，创作的工作延续了很多年，并经常造成技术创新上的突破。

客户是不会搞错的，他们在爱马仕又找到了优雅、舒适中的品质密码，找到了混合着幽默与慵懒的风范。

在她身上没有陈腐，没有局限。相反，她给人的感觉是，经验能同想象与追求和谐相处。而她越是前进，她就越是创新，似乎这片原野对她来说是广阔无限的。她身上就有多功能影城的精神。

26

游牧的人

这个世界正在游牧。各种旅行者、游客以及商务人士的流动在加剧，空中客车A380的诞生不是偶然的。正如雅克·阿达利（Jacques Attali）在他的《地平线》（*Lignes d'horizon*）一书中所写的："再没有圣地了。游牧的人将不停地工作，因为白天与黑夜的自然分界，甚至时间本身都将被消除……游牧的人将没有地址，这在历史上尚属首次……维系感情将变成仅仅是一种模糊的遗憾……不再有任何地方可以躲藏……"

明天，会有两千个座位的飞机遨游天空。会有巨大的机场，超大的轮船，以应对这些游牧者的流动。

游牧者来自各处。挑剔的客户，为自己追寻奢华和美丽，他们出现在世界各地，以购买最与众不同的衣服、最浮华的独特物品，为了能够仪态万方、讨人喜欢。

他们在世界各地的海滨度假地购买公寓、别墅。牵挂着他们的地方多着呢。

到2010年，在法国，来访的中国人会比日本人还多。到2020年，会有两亿中国人周游全世界，七亿游客访问欧洲。

然而如何吸引他们？如何激发这些注意照料自己、到处找寻"水疗"、身体护理、大自然、清静自由，同时又对创意和完美服务都很敏感的游牧者的兴趣？

如何与这些游牧者沟通？

如何对这些未来的游牧者做好销售？销售什么给他们？

一切都可以想象一下。可以为游牧者们设想一切形式的商店、一切形式的产品。

游牧者旅行时随身带着便携式电脑，指间抓着手机，看着，挑着，买着。他可能走进一家大型商场，一家小型精品店，但他哪儿都去，他去的那些地方或许还没有哪家奢侈品想到要去那里开店。游牧者从不停歇，跟随着信息。他不停地处理着、获取着信息。

如果我们设想一下会飞的商店？移动的销售机构？循环的小火车？临时性商店，各种置于人们全然未曾期待之处的"商亭"……让我们来发现新型设施，或是如何才能变得无法抵挡？

一切都围绕着游牧者的移动性转。我们既不知道什么时候，也不知道如何游牧者会变得兴致勃勃，但就是在这条欲望的链条上，奢侈品牌应该把他们的东西放上去。

在人们意料之外的地方销售感性的小物件？

变化突然的物件？

对于这些没有地址、没有固定住所、富有而挑剔的人来说，奢侈的物品应该带来快乐、泰然，针对的是每一位自恋到无以复加地步的人。

游牧者转着圈儿。他从中国、日本出发，去向夏威夷和美国西海岸，为的是去东海岸，还有欧洲。游牧者会在哪儿歇脚？他会在哪儿买东西？他会如何回到他自己家里？他自己的家……

　　游牧者快速地购买，让人给他送货，什么都要，马上就要。他经常在多个地方生活，从崇拜形象和物品中汲取营养。不再有定居的人，世界上全都是移动的、在流动中购买的人。

　　固定物品成了便携物品的补充，而奢侈品让游牧者有所区别。因为它们，每个人在这个均匀的、平庸的、消过毒的世界上才是独一无二的。

　　适应了游牧者的奢侈产品，是轻便的、可折叠的、可移动的、诱人的，抑或是固定的、永恒的。

　　其质量是完美的。

　　创新随处可见，在材料上、手感上、气味上、物品的呼吸上。为了让人信服，创造是永恒的，而竞争是血腥的。

　　对于一个于瞬间看到一切，做出比较，听到一切正在发生的，并弄明白，以声音的速度获取信息的游牧者，要如何去吸引他呢？

　　要捕捉游牧者的目光，这种赛跑是疯狂的。但关键的东西总是同样的，价值也总是永存的。

　　游牧者是一种对美、对优雅、对温柔前所未有地敏感的人性存在。

　　也许他喜欢黑巧克力或是栗子奶油，他熟知这些味道，他有胃口，从某种方面讲他是简单的。

　　在这个一切都进行得太快的世界，游牧者对有安全感的产品、自然的产品、手工的产品、为他而改造制作的产品会有所反应，他所在的是一个一切都在失去、一切都能知道、一切都能谈论的世界。固定的或是携带的奢侈品有一种静默，与速度无限的残酷感受形成鲜明对照。

游牧者需要自我隐藏、自我保护。

对于个性化服务和质量上的过分要求，使得游牧者的狂热给了物品一种机会。作为一种无比幸福的自相矛盾，游牧状态为了更多的舒适和美丽，允准了一切形式的创造……

游牧者将把奢侈定义成一种至高讲究，能平息旅行过于迅速带来的焦虑。在旅行的迅速、偶然、转瞬即逝的特点和奢侈品购买的实在性之间有一种有益的矛盾，这是游牧者为了把闪电般的到访刻划在白色石块上所做的保存。永恒与瞬间就是如此相邻，精彩的物品补偿了游牧者经历得过快、未能充分品味一次日落时刻或是默契目光之幸福的遗憾。

明天的奢侈品就是安全感。

游牧状态为奢侈品提供了一条不可思议的道路，在一种得到放大又无法避免的趋向情感的运动中间，在合适的地点、合适的时候，以合适的方式安置自己。

游牧的首都将是那些大都市，北京、东京、上海、洛杉矶、纽约、巴黎、伦敦和柏林，从这些到达之处开始，游牧者们会分化，去往其他地方，"外围"，可能还更有利于安宁的、令人心安的真正奢侈。

将会吸引游牧者的是那些名胜古迹、博物馆、文化和休闲之处、护理和身心愉悦之处，而就在这些焦点之处的旁边，奢侈的物品应该想象一下其最好的出现方式。

情感、美食、美丽、护理和文化将成为游牧者以及奢侈品的天然伙伴。

27

奢侈之……物？

丑陋的东西没有销路,雷蒙德·罗维（Raymond Loewy）[1]曾在一个非常乐观的时代如是说。

丑陋的东西有时候也卖得很好,不是吗？

被归为奢侈范畴的物品,乃是生活的伙伴。而且要想让其持久,如果可能的话,永远陪伴其主人,那就应该这样看待它们。物品需要抚摸、感受、关爱,对此不必大惊小怪,因为它属于每个人自己的世界。

1925 年,勒·柯布西耶（le Corbusier）在《新精神》（*L'Esprit nouveau*）杂志中为奢侈品给出了最美的定义:"低档货总是花里胡哨。奢侈品则是做工良好、干净利索、纯粹高贵,其无所修饰愈发彰显其精湛制作。"

他还补充道:"虚假财富的此种汇集是不道德的。尤其是且首先就是,这种完全围绕自己极尽粉饰的精神是一种错误的精神,一种可憎的小变态……"

奢侈的物品老化、松动、磨损、转移。它从不会被抛弃。它能修复。

1　雷蒙德·罗维:1893—1965,美国工业设计之父。

它可能会受伤，因而会搁置休养，会粘补完好，而后获得重生，甚至比原来还美。

物品在爱马仕是一种崇拜。是快乐的源泉、渴望的源泉。它迷人，充满诱惑，它被出售，有时还很抢手。在其价格上附着了一种价值，一种用途，还有一份情感。

没有哪种真正的奢侈品不是萦绕着丝丝缕缕的情感的。人们对那物品可以喜爱，可以被欺骗，可以怜惜它，也可以带着误解或是优越感望着它。但人们不会抛弃它。如果人们把它扔到一边，那也只是把它安放起来，等待下一次荣幸的回归。

奢侈的物品能不看就买、以数字方式转移吗？奢侈的物品能不触摸、不比较，也没唤醒任何感觉，只是看了一眼就得到吗？

奢侈品的世界分成了：一边是那些承载了如此多的情感，因而不可能随便乱敲一通就弄到手的东西，一边则是那些已经很有名、很时髦，能迅速通过互联网发现和买走的东西。

真正的奢侈品的世界会受到标准化品味的威胁，以及最大化利用的统治吗？

真正的危险在于敏感性的平庸化、语言的贫乏、文化的缺失、简短交流的普遍化，以及在黑莓、电子邮件、短信和微博上的乱写……

威胁奢侈品的就是它们，因为如果每个人都说同样的语言，喜欢同样的东西，失去所有的标准，那还如何能给这些东西一个位置呢？

而同时还有一个自由问题。

世界是无限自由的，网民们乐意拿出他们的时间，不管白天黑夜，无论全球各地购买他们梦想的东西。

当然，即使未经触摸、解释、证明、尝试、收回、修整和加工……物品也该在奢侈的世界证实其存在。

一切都在交换，一切都在销售和购买，这个世界是共通的，但奢侈的物品却不与其他东西相像。它是与每个人相适应的，准确地讲，是为了要让奢侈品与个人欲望相吻合。

在即将到来的世纪，在这个平庸化或平均化的世界，奢侈品将会表达一种个人人格。

一种形式、一种色彩的魅力将会是一种区别。

殊为有趣的是，一种是迅速获得自己看上的东西，另一种是让东西适应自己，从而化平凡为神奇，在这两种意愿之间并不存在什么矛盾。

奢侈品公司将成为变化的王国，材料演变的王国，适应各人的状态和期望的王国。未来奢侈品的定义要通过变化永恒的思维和个性化的观念来得出，以脱离一种服务、一种产品，并因而活跃在一种不可描述的运动中。

从定义来说，奢侈的物品是可认识的，因为一切都被铭刻在其时代中，它因其大胆、因其"不过就是一种能长久存活的时尚之物"的现代性而与众不同。维罗尼克·妮莎尼安喜欢这么说。

纸制行李与钢铁、皮革、橡胶的箱子彼此相邻。

以一种弹性面料制作的衬衫消除了尺寸的概念，因为它能伸缩。人们可以选择自己的领子，借助于一种和今天的安全带很像的小装置，按照自己的意愿固定到衬衫上。

领带要想改颜色，可以把它们浸泡在随货附赠的一系列颜料小罐里。

用纸板做成的鞋子很棒，它们又结实又柔软。

所有的奢侈品都为客户着想，一张床、一条床单、一个雪茄盒、一件珠宝、一身套装、一辆单车，全都是可能的，全都按照修改、变化、交换的需要来考虑。

实际上奢侈品的广阔市场就这样被打开了，一路创新，其创造是颠覆性的。

一切看起来都很正常，而实际上，对于物品的进攻者们、创造者们、革命者们以及新奇爱好者们来说，道路显得前所未有的宽广。

奢侈品业期待他们，来创造不同的风景。

奢侈品业欢迎他们，这些物品的敢作敢为者。

这个有所预兆的时代对于那些梦想和幽默的制作人、那些敏感的人、那些发明家们来说是一种幸福，他们坚信，诱惑即意味着征服，而什么都知道并无任何意义，更何况明天的客户渴望着创新和创造，他们对于一般的东西、他们所了解的东西早已厌倦，但又无法到处去宣扬他们准备去喜爱的东西！

在这个有名和有用的东西大显身手的世界上，令人惊讶、不合习惯的东西有的是机会，条件是要有用，并且自身具有一种恰当的形式，能够体现出做工、心力，以及对创造的报偿。

爱马仕的物品在其身上都带有其历史的真实性。它们是植根在一种传统、一种文化、一个家族里。如果嵌进来的东西有权利、有责任改变事情进程的话，就像有一种抑制不住的力量在说："这是爱马仕，这不是爱马仕。"

这个声音十分清晰，并且回响很长。

爱马仕的物品是由特殊的印记、手工、对舒适和优雅的追求所表现出来的，这种表现赋予其力量、能量、活力，使之成为品牌自然的孩子。

爱马仕物品的识别靠的是其整体性，而非其价格。它在对杰出的追求上从不妥协，即便要等待比理智所允许的更长时间，到了时候它自然会翩然而至。

而物品并非理性的，从不试图自我解释。

它来到此间，有时不太适宜，获得验证，在用途上符合期待，故而能在屋中间、肩膀上、池塘边、汽车里或飞机上得到一席之地。

物品没有理由选择其空间，它拥抱所有的位置，有可能它被置于想象不到的地方，脖颈周围、枕头下面、汽车后备箱、马背上、箱子里、地窖中……它变动着，从头上到全身，本来只是配饰，却又成为衣着，被穿上，被带上，谁也想象不到。

真正的奢侈品是变色龙，是栅栏，是兴奋剂，是煽动者，它让人安心，给人爱抚，让人平衡；它自我证明，自我解释；或者相反，没什么可说，只存在而已，只因其美丽而恰当。

继承了一段漫长的历史，它身上携带着同族的基因。它是单个的，但能认出来，它与其过去活在一起。经常是，一处小小的皮革印记、一枚极小的纽扣、一个不起眼的标志提醒着它属于一个庞大的家族。

二十一世纪预示着震撼，对于创造者没有束缚，无论他在何处，无论他是怎样的。竞争将是全面的，幸福将会降临在那些勇敢者、发明和发现者身上。而对那些追随者、抄袭者以及浑水摸鱼者来说，则是必死无疑。

对于奢侈品业，挑战是巨大的：找出把自己称为"奢侈品"的理由，而该词自身都已陷入庸常，并被一切将它不公正地据为己有、并将它杀害的东西所吞没。

28

露西娅与长笛手

这怎么可能？怎么会弄成这样？

汤姆·福特（Tom Ford）[1] 离开了古驰。"无关紧要"，有些人说……而历史似乎给了他们这么说的理由！然而，卡尔·拉格斐和约翰·加利亚诺（John Galliano）[2] 要是走了，难道也改变不了什么？不一定吧！

阿诺德·拉卡戴尔（Arnaud Lagardere）[3] 就曾错误地宣称："谁都不是不可替代的！"

我还听到一位奢侈品业的王者对我说："应该把位置留给品牌，而不是明星……""管用的是那些品牌……"

现实要更复杂些。一边是一些品牌，另一边是一些签名。品牌

---

1 汤姆·福特：1961—，美国时装设计师，曾被古驰聘为设计总监。
2 约翰·加利亚诺：1960—，英国时装设计师，曾被迪奥聘为设计总监。
3 阿诺德·拉卡戴尔：拉卡戴尔集团是法国著名的高科技和传媒领域的财团，由法国著名企业家让—吕克·拉卡戴尔（Jean-Luc Lagardere）创建，在航天、航空业极其成功，拥有空中客车等重要项目；在传媒方面则拥有阿歇特（HACHETTE）、拉鲁斯（LAROUSSE）等多家出版社，旗下有《她》（ELLE）《电视七日》（TELE 7）《巴黎竞赛画报》（PARIS MATCH）等杂志品牌，并购威望迪出版公司（Vivendi Universal Publishing），为年营业额高达 81 亿欧元的法国最大的出版集团。阿诺德·拉卡戴尔生于 1961 年，为让—吕克·拉卡戴尔之子。

有一种神奇的力量，能够打动人心、充斥市场，以其著名的外衣席卷个人，对于可预见的反应犹如巨舰一般。在这片奢侈品的海洋，品牌们勇往直前，欧莱雅、路易·威登、古驰、卡地亚，均有着异乎寻常的能力、战略性的地位，以及在全世界媒体中都有的影响力——品牌都有其自己的逻辑。它们可以自己去找设计师，改变他们，换掉他们！

在一旁，更小一些的，是签名。总得要几十年时间它们才能显露出来。圣罗兰曾经是个签名。人们一度想把它做成个品牌。不行。奢侈品业的这条规则是令人耳目一新的，讨人喜欢，并且对未来是鼓舞人心的。要把一个美丽的签名转变成品牌是很难的。当一位继任者用一支圆珠笔从中间介入，去接替一位沉浸于优雅之中，用鹅毛笔描绘的人，那就是一场灾难。金融家们有时认为幸福很容易，但他们搞错了！艺术家是脆弱的、不可替代的。圣罗兰花了很长时间才变得有名。今天谁能记得这台创造优雅的机器是在连续十七年亏损之后才变得回报很高的？一段长期的成功续接在一个捉襟见肘的阶段之后。这些签名，与品牌相反，是一种精妙的炼金术。在客户与风格、作家—作曲家与听众之间存在着一种亲密的、默契的纽带。

如果这种纽带被改变，音乐变了味儿，客户也就找不着北了。实际上，伊夫·圣罗兰了解他那帮女客户，他那些狂热的女粉丝们，一穿上他的衣服就变得风情万种、妖娆迷人，仿佛变了一个人似的，身不由己……

他了解她们的一切，她们的习惯、她们的品位、她们的欲望。他令她们变得贪婪，与她们保持着一种私密的对话，倾听她们的品评、她们的反应，并予以回应。

在签名的世界里，客户与艺术家之间这种如此特殊的对话是不能取消的，这有点像唐尼采蒂[4]的歌剧《拉美莫尔的露西娅》[5]。

在某个精确的时刻，管弦乐团的长笛演奏者转过来为露西娅伴奏。在这场惊人的二重唱中，每个乐音都以一种钟表般的精确，伴随着演唱者的嗓音，在那些最困难的高音中连成一串，一个音符接着一个音符，在这种对话中，每个时刻都准备着直上云霄。

一场杂技表演般的二重唱。一件雕刻家的活儿。切削的是呼吸。

当长笛手到达了路的尽头，露西娅停下来，掌声爆发，经久不息。人们向美致敬，同时也向其中包含的辛苦以及排练致敬。人们向长笛手的双手和乐音致敬，向露西娅的嗓音致敬，也向他们为了达到如此绝对完美的程度而必须经常共同走过的这段小路致敬，它将音乐与歌唱融合，让我们愉悦，让我们想起，人的生活充满奇迹、障碍和梦想。而高于一切的，是艺术家在主导着，摆脱理性，树立情感，指出那些自以为什么都能买，什么都能卖，或者什么都知道的人是错的。

露西娅与长笛手，艺术家与客户，同样都是不可转让的商品……

在奢侈品业中，并非一切都可交换。并非一切都能说得清，并非一切都能转让得了。是否人就是不可替代的呢？是否在真正的奢侈品成功的自身基础上，在才与物之间存在着神秘，存在着炼金术，

4　唐尼采蒂（Doniezetti）：1797—1848年，著名作曲家，意大利浪漫主义歌剧的代表人物。
5　《拉美莫尔的露西娅》：唐尼采蒂的歌剧代表作。

存在着双手、激情和想象力的不可思议的影响？

在那些品牌的生命中，交流是全球性的，而在那些签名的生命中，传闻与手势，慷慨与相近处于成功的中心。一个签名要由一个人或一个家族来具体体现。而一个品牌则不靠任何人来体现……

奢侈品业就这样一分为二，成了两种天下，两样存在方式，两个世界，两种逻辑，两类结果，两类人群，而最糟糕的就是想以同样的方式，把一切都拿来比较，衡量，欣赏，而它们是两种命运，一种是品牌的，一种是签名的。含混不清就会导致衰落，或是消失。

露西娅和长笛手共同演唱和演出，如果一个松劲了，另一个就会倒下。在一种秘密的、人们既无法分析也无法理解的运动中，它是这世界上最为精妙、脆弱而独特的。这是一种无法解释的联系的魔法，一种只可意会不可言传的纽带的魔法，源于一种声音、一种节奏、一种旋律、一件物品、一个瞬间，突然就被永远铭刻在记忆中和心坎上。

这是一种无法解释的奢侈的产品。

处于纯粹状态的、幸福的奢侈品。

一种属于爱马仕的、神秘而无法感知的奢侈品。

露西娅的奢侈品。

29

昙花一现的王子

他是作为救星来的，但没有任何危险。他想证明他有新的眼光，但他的目光却还不太清澈。

他说起话来好像很有学问，但却不了解不可动摇的原则。

他已由领导授了勋，但还不太够，即便那些领导们的身份都非同小可。

他觉得他会成为哈里发[1]，这想法都能让人看得出来，听得出来了，而他错在对此毫不掩饰。

因为哈里发受到爱戴、尊敬和畏惧。没人敢于反驳或是批评国王的选择。

一位王储到了，他在阳台上向人群致意，但家族族长并没真把手放到他的肩膀上。他望着他，祝他"好运"，很高兴找到了他可能的继任者。

这是因为，在奢侈品业也是一样，继任是很困难的。

人们都希望继任者是儿子、女儿，或是兄弟、姐妹。而现在并非好时机，既不适合他，也不适合别人……所以，领导可能有点操

---

1 哈里发：伊斯兰教职称谓，原意为"代理人"或"继位人"。

之过急，为了位置不至于空着。

出于需要，他找了个能力不足的聪明人……或者不如说，是能力不在该在的地方。

这位王子看起来颇为惹人注目，也没露出什么破绽，在崇拜的人群面前自我介绍一番。而人群毫无保留地热烈鼓掌，其实冲的是"老板"，真正的国王。

他还没明白，他还没看出来，所有人在他到来时欢欣鼓舞，却连看都不看他一眼，他们都是为了取悦另一位，他们所爱戴的人。

这不是国王第一次出错，而这并不重要，因为实际上唯有国王才能决定。而正如每个人都相信，这位王子大概不是最后一位。他所受到的礼遇，虽有微笑相伴，不过是些糊弄小孩儿的荣耀、尊敬和仰慕之类的把戏。

然而他仍以巨人的步伐前进着，结果很快就倒在第一道障碍前：沟通。

也许他并不清楚，沟通向来是国王的一块禁脔。就是因为忽略了这点，很多人都失足跌倒了，还惊讶于以如此出色的成绩，竟会在这道阴沟里翻船！

对于一位太能说的王位觊觎者而言，RTL电视台可能是致命的！

王子作为宠儿要有一项条件，就是他不能做得太过火。

而这会儿我们的"继承人"还在忙于纠正一些犯过的错误，改变航向，调整人员。他占领家族的一些小块地盘，四处恐吓，轻举妄动，招惹那些身经百战而牢骚满腹的人，推行那些好的以及没那么好的建议，把国王的一切重新捡起来，归于自己。总之，我们的王子想要标示出他的领地。

领导一声不吭，但很不安。

为了让自己放心，他质询，提出问题。回答是谨慎的。其实他也不怎么喜欢少有的那几个想什么就说什么的家伙。

领导反感的是那种有一天跟他说他走错了路的人，而管用的其实他都抓得住，不会光生气，而且还从他开始烦心的地方酿出蜜来。

他把他明星的节奏放慢，建议他要谨慎，要观察，要专心，向他解释，他所走的路可能不足以保证成功，而他没准得借道其他一些路线来穿行。

可那位依然故我，狂奔不止。

他什么都懂，各个行业、各个国家，总而言之，他是新的光，他觉得他就是。

当遇到些微妙的阻力，即便是谨慎的法则强制每个人必须有所保留，他还是决定强行通过。他提出计划、行动、修正。经常是，他有些聪明的想法，可能会有用，只要能把人际关系搞定，再合上音乐家们的节奏。可经常是，他的想法真是不怎么样。

他本来也可以去影响总谱，但要改变管弦乐团的乐器是很复杂的，钢琴家们都喜欢在自己的斯坦威上弹奏。

斯特拉迪瓦里是一种声音很特别的小提琴，想要改变可没那么容易，要么整个音色就全变了。

而在奢侈品业，音色就是关键。

由于王子合不上国王的节奏，而且他还想速战速决，小堵的墙壁便出现了，向他表示他应该等待。

　　但此人急于证明他是有用的、必要的，并且马上就会成为必不可少的。

　　他露出尖牙，一通乱咬过去。他决定想要加速。时间本来可以是他最好的盟友，结果倒成了他最坏的敌人。

　　奢侈品业中且仍属于家族的那些老品牌，都和时间保持着一种美好的关系，这令它们得以躲避各种恶劣天气，却让那些急于求成或者不管不顾的家伙大吃苦头。

　　人们可以改换几名水手，但船舱还是保持着老石块的颜色。而在真正的奢侈品业，它们被使用磨损是应该的，为的就是要优雅。旧的没有严重损坏就不能换成新的，对那些还很好用的东西要存有耐心和敬意，以带来必要的更新换代！

　　在这些品牌里，家族的朋友们受到爱戴，有时是在赛跑的终点，或者并非真的是在关键时刻，但他们是如此忠诚、如此给人好感、如此可敬。他们早已习惯了长途跋涉，故而虽然动作有些迟缓，但却始终可靠。

　　被行动之难搞得晕头转向，被偶露峥嵘的东西惊得瞠目结舌，王子如今是团团乱转，连连出错，光环渐失。

　　他死命坚持，强词夺理，与"新人"结成联盟对抗"老人"，他处于负隅顽抗，无法自在呼吸的境地。在缺氧的情况下，他扮演白蚁的角色，在事情的表面造成许多小孔，最终才明白，国王原是另一个不同的人，是怎么都行，但就是不能与部下隔离、去冒被孤立的危险。

　　国王放弃了他，昙花一现的王子除了毫无遗憾地离船而去、决意到别处成就大业以外，没有任何其他选择，那边的节奏会更适合他，国王也会很快消失。

奢侈品业的国王们都会统治很长时间，而继任者是少见的，经常是那些常客、那些变色龙，他们成功地把自己树立在史诗中，且完全保持了自己的独立性！

王子这回是成不了国王了。

30

接班人？

奢侈品业的名角们以为他们都是长生不老的吗？

高田贤三虽然离场了，他那些店都还在。

于贝尔·德·纪梵希早就不在那儿穿着白色工作服，给奥德丽·赫本和他所青睐的客户亲手量尺寸了。今天都是销售员们接待老客户。纪梵希则一直存在着。

在所有的大型奢侈品集团里，欧莱雅、巴黎春天、路易·威登—酩悦·轩尼诗，或者是历峰（Richemont），这些品牌都有老板莅临，转上一小圈，然后就拍屁股走了。表面看来轻松得很。

设计师们招来了，管理者们上任了，到处歌唱着他们对品牌的激情，宣扬着他们的热忱，然后再跑到别处，再唱起另一曲奢侈品牌的咏叹调。他们就像三心二意的短期房客，走马灯似的，却又各有各样。

奢侈品业的大牌子很少是因其老板而被识别的。

对于那些签名，奢侈品业的"感情"品牌们，比如爱马仕、弗雷、香奈儿或拉克鲁瓦，接班人一事就愈加微妙。

签名都是个性化的，设计师或家族大权在握，不吃点苦头是不会轻易放手的。

每次离任都是一次心碎，而每个人都试图去规划未来。

帕特里克·弗雷把他的孩子们都弄进来，其中之一将会接替他。

丹尼尔·特里布亚指定了他的女儿们，其中之一已经摘取了李奥纳德公司的女王冠冕。

在泰尔冯（Taillevent）[1]，让－克劳德·弗里纳（Jean-Claude Vrinat）[2] 还能找到一个肯像他那样做到日复一日早、中、晚都到餐馆守着，接待客户，品尝烹饪，像个奢侈品业的修道士一样的人物吗？

在珠宝界，只有麦兰瑞（Mellerio）能固守其小生意，一直不扩大，坚持走自己的路，脑子里只有家族。经过了这么多年，这么多世纪，也许已经没人去谈论这家美丽品牌的年龄了，就像出于礼貌，人们从来不去细究老祖母的准确年龄……在麦兰瑞，接班人是个永远的事。

奢侈品业那些大企业的管理者们对继任一事十分关切，但却总是达不成显而易见的方案。这其实最简单不过，因为他们手中握着品牌的命根子。

贝尔纳·阿诺的儿子和女儿都进入到路易·威登—酩悦·轩尼诗的董事会，一项"交接工程"渐露端倪。而老板尚且年轻，头脑里主意多多。尚须等待。

阿诺会修改他集团的边界吗？孩子们在未来管理的会是今日的路易·威登—酩悦·轩尼诗，还是一家彻底改头换面的企业呢？

1　泰尔冯：法国巴黎著名的高级烹饪餐厅，1973—2007 年被评为米其林三星。
2　让·克劳德·弗里纳：泰尔冯餐厅创始人安德烈·弗里纳之子，餐厅所有人。

在巴黎春天则很清楚，弗朗索瓦·皮诺的儿子已经到位，手握重权，操纵自如。在巴黎春天，接班进展神速，计划都在有序执行。

阿玛尼看来对未来没什么打算，而拉尔夫·劳伦也不会由自己人接任。

如果没有克利斯汀·拉克鲁瓦，如何保证拉克鲁瓦品牌的未来呢？

泰亭哲们不知道组织接班人，他们都已退场。在奢侈品业，无数的交接被证实是行不通的，最终只能是卖掉，或是破产清盘来摆平。

有些人与他们的企业已成为一体，以至于他们或许都忘了考虑未来！

香奈儿公司是否知道要为明天找到一位老板，像阿兰·韦特海默（Alain Wertheimer）那样只知低头拉车的，或是另外一位，以让一路易·仲马为榜样，率领部属，身先士卒，高举旗帜冲在第一线？

在爱马仕，让一路易·仲马是否真的试图给一位继任者安排位置呢？

这位魅力四射、才华横溢的人物为接班人的事费心了吗？

让一路易·仲马强烈且几乎是本能地活在爱马仕生命的每个瞬间，他与品牌的生命是如此血肉相连，以至于后面的日子他都没法"活"了……

或许是，他的确考虑过，然而却未能达成他所能认可的任何方案。

没有什么人真正能让他愿意安排位置的，因为这一空缺是他的无所不在造成的，是他与他的企业之间所形成的难以言表的纽带带来的必然结果。

给大权运用得如此之妙的人怎么找继任者呢？如何大力扶持另一位，如果只许他模仿却禁止他取代？面对安排接班人位置的困难，让－路易·仲马已夯实了基础，从上到下组织好了未来的架构。他以某种方式都设想好了，只是没有说出来：这是一种城市组织的新形式，有交叉路口，有金字塔，有移动单元，有流星，全都系于一线，一旦需要，便可重组为一个单独的星系，虽然复杂，但却打造得坚实。

为了不必为其他自身的继任做保障，他构想了一个让所有的门都敞开着的计划。

航船沿着其线路走，航向是确定的，改变几乎是不可能的，全体船员都已组建完毕，调整到位，并能独立自主。

待在指挥室里人的都是船长挑选好的。

要靠他们，这些深受企业文化熏陶，又能在必要时出手纠偏的人，来确认那些后继者，那些未来的掌权者、明天的签字人。过去唯因沉重，故能限制侧滑！

继任者们会尝试往右舷小小打一把舵，再往左舷打一把，不必多言，便能修正路线，避开暗礁，乘风破浪。

吃着品牌的奶长大的家族孩子们自然会到来，他们知道该做什么，因为他们一直泡在这一大锅汤里，当然知道此汤的味道——接班就是这样，形式多样、复杂而热闹。

到他要走的时候，让－路易·仲马留下了运行良好的发动机，油箱也加满了油。

天才们有时也需要韬光养晦，为的是日后东山再起。

幸运的是，还有那些宫廷总管们，这一类人在这个世界里非常有用！

他们可以久居其位，鞍前马后地辛苦张罗，好让大头头们脱颖而出。他们精力充沛、想象丰富，对老东家了如指掌，以瑞士钟表般的精确度引导着公司战略。但他们只是"经理人"。长期以来，卡地亚是阿兰－多米尼克·佩兰（Alain-Dominique Perrin）在领导。人们已经可以想象他就是接班人了，但并非如此，历峰集团是个家族企业，而卡地亚不过是其众多子公司中的一家而已。

鲁伯特（Rupert）家的接班人自有安排，而阿兰－多米尼克·佩兰不过只是卡地亚的宫廷总管罢了。

有的接班人只是表面上的，真正的换班在别处进行，躲在阴影中，避开媒体。实际上，奢侈品业的品牌们，尤其是那些签名品牌们，在更换领导人的同时，便将一种神奇的魔力转到另一位身上。有时这可能是个再上层楼的契机，能带来一股新鲜而强烈的能量。天才得以脱颖而出，公司转过弯来柳暗花明。博柏利（Burberry）就是这种情况，美丽的睡美人品牌，被一位来自美国的女士骤然唤醒。

而汤姆·福特则从未在伊夫·圣罗兰成功继任，可他却为古驰注入了一股意料外的活力。也许是因为古驰是一个品牌，而圣罗兰则是一个签名吧！

搞不定的接班情况的确存在，这也就是为何那些奢侈品牌越来越倾向于"营销型奢侈品"，为的是抵御交接失败所带来的情感风险，甚至连带生存都成了问题！

这些在今天坐拥可观价值，并成为巨额金融赌注的奢侈品牌，花费着无数心力来消解神奇老板与全球客户之间的纽带，就是为了防范接班所引发的风险。

至于卡地亚、兰蔻、朗万、路易·威登，还有很多其他企业，每个都是为此原因而把其品牌放在前面，而非其"设计师"。

这个圈子里的接班其实充满侥幸。品牌越是有名、越是世界性、越是普适化，接力棒的过渡就越是容易。

品牌越是特殊、越是个性化，依赖于某一家族、某个人、某位设计师，火炬的传递就越是困难。而这对于签名品牌们也是一种关键的挑战。他们须要懂得找到一些人，这些人敢于在明天将自己的名字放到产品上，满怀激情地谈论其品牌及其销售的东西，从而令他们以归属于某一集体为荣，而那是一群在总体上相信自己价值的人。

然而如何找到明天的签字人呢？如何发现、识别出那些同时懂得经营和设计、歌唱和管理、倾听艺术家并尊重、激发和培养他们的人呢？

在这个日益平庸和标准化的奢侈品世界里，签名品牌要想找到接班人是越来越难了，而其力量不正来自于此种脆弱性吗？

要想在真正的奢侈品业存在下去，关键的挑战不正是找到接班人，合适的接班人，真正的天才，那个穿越时代并留下不朽印迹的人吗？

31

真正的奢侈

巴塔巴斯和他的马说话。

极其温柔。

他一动不动。

他看起来好像木乃伊一样，僵在那里，而马还在往前走。

小步，快步，奔跑。用他那手工艺人的手指，以一种看不见的手势，他指挥着，给予着能量。手，正是手在指引着一切。

巴塔巴斯是活泼泼的？

一步不差，毫不迟疑，巴塔巴斯与马合为一体。

一种奇怪的组合，几乎就是一幅立体粘贴画。此人与马一起生活了这么久，他们已经分不开了。

他们一起分享如此的幸福，共担如此大的痛苦，他们的关系可谓光芒四射，震古烁今。

人们感到，他们如此努力地结合在一起，唯有死亡才能使其分离。他们的相依为命已经得到考验，而痛苦则是一个只有他们自己分担的秘密。

他们两个都知道，他们险些失去一切。

在某一刻，他们都不再相互说话。

脾气、错误的手势、情绪，所有的一切全在某个时刻碰在一起，致使他们彼此远离。

他们犯下了好些错误，人在这里搞得不对。他想让马绕圈，但太急于求成，强迫其步伐，结果遭遇了一种明显的抵抗。

这是因为，要想成功，至少要双方齐心。人，是很聪明，却忘记了他出发有点太快，还没好好提出问题，就做出结论了。

他同意先退回原地。

人学会了经受挫折。人，虽然有时狂妄自大，但还是从那些懂得从头开始、反复倾听以及原谅对方的人身上获得了力量。

是的，巴塔巴斯，看得出来他懂得原谅，尽管他那高傲的表情可能显得令人不快。

马理解了。

它忘记了。

它再次出发。

它在学习。

它行进，倾听，反应，理解。

于是那本来普普通通的，却变得杰出非凡。

细节，那注意不到的微小细节，那把一切堵塞住的不起眼的细处，突然变得那么完美。

巴塔巴斯在马的这种细小动作上花了多少个小时，也许是多少个月，而这就是通向完美步伐的必经之处。

上千次他重新开始。但根本没做到。没达到绝对精准。人明白，如果不是像他所希望的那样，在正好的时刻成功的话，整组动作就无法令他完全满意。

马懂了。

调整十分完美，此轮进行得很快，节奏也找到了，现在一切都可以把握住，一切都能展现出来了。

当然，观众是看不见的。他们不知道在橱窗，也就是说场面背后，隐藏着一堆思考、犹疑、大量的尝试与放弃。

巴塔巴斯，只要他一出现，便无一处不显得轻盈异常，在他，也在他的搭档身上，一切都是水到渠成。

他发现，即便是影子会也相互争吵。

在这种风格的操演中，有一个明显的事实：巴塔巴斯只展现幸福而把其他一切都隐藏起来，为的是让观众投入到梦想中去。

谁能想象到，幕后隐藏着如此多的功夫？

为什么要去想这些？

巴塔巴斯提交了一首诗歌，提供了一条通向想象的宽广大道。

他振聋发聩。

马和其朋友令我们难以平静，因为他们有着相似但却不同的天性，即使并没说出来。

各种材料、人、织物、音乐、气味以及马融合在一种冲动之中，这冲动裹挟了推理和理性，为的是走向激情。

热情扫除了各种问题。

人们看着，惊愕了，不，是惊呆了。儿童出现在成年人身上，人们惊叹，未经思考，只是出于本能，和渴望。

这与魔法毫不相干，这是通向梦想的建设，是标示好的路径，是重新到访的道路，是已经吸收的过去。

召唤魔法师巴塔巴斯的那些人搞错了。他只是做了工作，并没有什么窍门。

他曾受挫，并忍受痛苦。

他辛勤劳作，用手，用精神。

他重新开始，不顾脸面，而决意成功。

在巴塔巴斯和他的马身上，既没有兴奋剂，也没有任何成分的恶作剧，亦没有求助于超自然力量的任何影子。他们两个身上的一切，只是表明了这共同的漫长工作学习期，表明了那些造就出一种生命的来来往往，表明了那些充满了一种古老关系的幻灭和满足。

他们两个身上的一切，都是经历的果实。他们不再需要相互诉说，无言比他们能想到的任何话语都说得更好。

他们很清楚如何让另一方痛心。淘气的心态，有时是反常的，既未从马身上，也未从其朋友身上免除。

他们宣示假象，为的是去了解真相。他们没有勇气什么都说。他们也会改变看法，尤其是人，真的。

要他们承认他们的乱七八糟、他们的一败涂地是不容易的。

此人从不忘记他的马。晚上、夜里、周末，他都想着它。

为了成长，他重新构建。

演出还在进行，人们就开始想后面。看起来是大获全胜，但此人知道，他感兴趣的唯有和他心爱的这匹马一起进行的下一场表演。

　　这是一种害羞的爱，只有他能认识到，那是他不能也不愿意说出来的。

　　巴塔巴斯不是奴性的，他不试图取悦谁。他是在签名。

　　这乃是真正的奢侈，高级的奢侈。

奢侈品不是人们所认为的那样，对吧？

真正的奢侈仍然存在。真的会惩罚假的，这很好。

工作和才华会战胜亮片和伪装，真高兴。如果奢侈品业无法为"公正"激浊扬清，那它起码也该对"恰当"予以报偿。但怎样才能达到"恰当"，走在时代气息前面，永居时尚潮流之中？

在被视同神圣的惯性思维与无限重复的模式的沉重碾压下，如何还敢自由发言和创造？

奢侈品甘冒招人讨厌、中途搁浅的风险，是否首先是一种为了呼喊自由和开疆拓土的借口？

奢侈不是人们所认为的那样，对吧？